さよなら異世界、またきて明日
See you later, Fantasy World. We hope that Tomorrow comes again.
旅する絵筆とバックパック30
ニト Nito
ケースケが旅の途中で出会ったハーフエルフの少女。絵を描くのが得意で、外見に似合わず毒舌家な面も。何やら“探しているもの”があるようなのだが……？
「……あの。その匂い、迷惑なんです」
「臭かった？」
Keisuke ケースケ（恵介）
ある日、滅びかけた異世界に迷い込んでしまった現代の高校生。元の世界に帰るための手がかりを探しながら、ヤカンと名付けた蒸気自動車で旅をしている

See you later, Fantasy World.
We hope that Tomorrow comes again.
Traveling paintbrush and backpack 30

さよなら異世界、またきて明日
旅する絵筆とバックパック30

風見鶏

ファンタジア文庫

2937

口絵・本文イラスト　にもし

contents

序幕「インディゴ・カーペットの夜」

街道の先に黒い点が見えた。近づくほどに輪郭は明瞭になって、それがトラック型の蒸気自動車だということが分かった。しばらく走ってたどり着くと、トラックの斜め後ろに車を停めた。

かすかな期待はあったけれど、路肩に寄った車体は真っ白な砂埃に覆われたままに傾いていた。むき出しの金属管は赤茶けて錆びついている。

しばらく、そのままフロントガラス越しに眺めていた。夕暮れに足をかけた太陽の日差しが助手席の窓から差し込んでいる。混じり気のない明るさがやけに眩しかった。

目を閉じて、唇を噛んで、頬を叩いて、外に出た。

宅配便の運送トラックみたいだな、と思った。そんな思考にさえ懐かしさを覚えてしまう自分がいる。

ゆっくりと近づいて、すみません、と声をかけた。

耳を澄ませて待った。息を呑むような時間だった。返事はなかった。風が通り抜けた。

揺れた草のこすれ合う音が波を打つように押し寄せた。それ以外に、音はない。

運転席側に回り込んで、ドアに手をかけた。自分の呼吸の、抑えきれない荒いかすれが耳障りだった。ぎぎ、と蝶番の甲高い軋みが鳴った。

光を反射して、きらきらと輝くものが目に入った。

運転席の上には結晶が山になっている。中には誰もいない。ただ、足元に酒瓶と服が積み重なっている。

助手席には大きな旅行鞄の上に茶色の帽子があって、三つ折りにされたクリーム色の紙を押さえていた。

このままドアを閉じたい衝動にかられた。

あるいは叫びたいのか、泣き出したいのか、自分でも捉えようのない気持ちに歯を噛みしめて、逡巡して、両手を合わせ祈ってから車内に上半身を伸ばした。身体が結晶に触れた。じゃらりと、無機質な音がした。

抜き取ったクリーム色の紙を広げると、それは手描きの地図だった。

道があって、山があって、川がある。直線に斜めに交差するように二重線が引かれている。四角形に窓を書き加えた絵は街の意味だろうか。

地図の一番上に、川の上流にかかる橋の絵があって、そこに何度も丸が描かれていた。

トラックの持ち主はこの橋に向かっていたらしい。

地図を丁寧（ていねい）にたたんで後ろポケットに差し込んだ。

結晶の山をそこに残したまま運転席のドアを閉じた。もしかすると、このドアが開けられることは二度とないと考えると、どうにも不思議な気持ちになった。

運転席のドアに並ぶようにして荷台につながる横開きの扉（とびら）がある。

掛（か）け金（がね）式の取っ手はすっかり錆びて固まっていて、押し上げるのにずいぶんと力が要（い）った。けれどそれさえ外（はず）せば扉は軽く横に滑（すべ）った。乗り込んで、積み上げられた木箱を開けていく。

ブリキの缶詰（かんづめ）がぎっしりと詰まっていた。

石鹸（せっけん）やランタンなどの雑貨品や、酒もあった。

奥には一斗（と）缶に入った大量の水と、魔（ま）鉱石も。どちらも蒸気自動車を動かすのに必要なものだ。

ぼくは自分の蒸気自動車（スチーム・ビークル）——ヤカンと名付けている——に戻（もど）ると、トラックの後ろに横付けするように停車し直した。トラックの後部のドアを全開にして、ヤカンに積む物資を選んでいく。

ヤカンは箱を組み合わせて作ったような形で、曲線と言えば大きなタイヤとその泥除（どろよ）け、二つのライトにボンネットの膨(ふく)らみくらいのもので、デザインなんて知らねえよと言わんばかりに無骨(ぶこつ)だった。

トラックと比べれば積載(せきさい)量は雲泥(うんでい)の差がある。鉄柵(てっさく)で作られたルーフキャリアに、水や魔鉱石などの幅(はば)を取るものを載(の)せてはいても、濡(ぬ)れて困るものは車内に置くしかない。厳(きび)しく選抜(せんばつ)してもすぐにスペースがなくなった。トラックには文字通り、まだ山ほどの物資が残っているけれど、これがヤカンの限界だ。

トラックの扉をまた閉じて、ヤカンの運転席に乗り込む。

ハンドルを握(にぎ)り、片手でスロットルレバーをゆっくりと押し上げた。

ボイラーで生まれた蒸気がエンジンに流れ込み、ピストンが動き出す。

シュ、シュ、シュ、と軽快に音を鳴らしながらヤカンが動き出した。

トラックの横を通り過ぎる。スロットルを開くのに合わせて、ヤカンは速度を上げていく。

やがてサイドミラーからトラックは見えなくなって、白い砂漠(さばく)の平原と、点々と残った緑と、山と空だけの景色が広がった。どこから流れてきたのか大きな雲の塊(かたまり)が山の上を覆って、腹の底を茜(あかね)色に染めていた。

空いた手でポケットから地図を取り出し、ハンドルの上に広げた。

トラックはこの道のどこかにいたはずだ。何か目印が見つかれば、ぼくがいまどこにいるのかも分かるだろう。

地図をたたみ、助手席に放る。

ああ、誰かに会いたいな、と思った。

太陽が沈む前に道端に車を寄せ、拾い集めた枯れ枝で焚き火をした。温めただけの缶詰をふたつ食べてから、ぼくはこめかみに銃口を当てた。

ゆっくりと息を吐く。目をかたく閉じる。

人指し指に力をこめようとしても、引き金があまりに重かった。やがて手が震えだして、左手で右の手首を摑んで、ひきはがすように銃を下げる。

喉が喘ぐように息を吸った。

途端にうるさいほどの鼓動が聞こえて、額に汗が噴きだしたのがわかった。息が荒い。

水中にいたみたいに身体がうまく動かずにいた。

車のドアに背をもたれて座り込んだまま、後ろ頭をこすりつけるように仰いだ。暗色のカーペットみたいな雲ひとつない重たげな夜空に無造作に星が散らばっている。

——また、失敗した。

右手に摑んだままの無骨な鉄の塊を見下ろした。急にそれを握っていることが恐ろしく感じられて放り投げると、乾いた音を立てて白い砂地に半身を埋める。焚き火のゆらめきを照り返す金属の光沢がおぞましく、背筋がぶるりと震えた。

ぼくは銃から、あるいは自分の行いから視線をそらして、枯れ枝を三本取って火に投げ入れた。膝を抱えて、身体を小さくして、膝頭に額を押し付けた。

風の音もない静かな夜だった。

何もない世界にも、誰もいない世界にも飽き飽きしていた。あまりに静かで、波紋すらない孤独だけが転がっている。昔も、今も、それは肌にこびりついたように落ちないでいる。

どうしてかやって来てしまったこの異世界は、すっかりもう、滅んでいた。

It's time to say goodbye, but I think goodbyes are sad and I'd much rather say hello

Hello to a new adventure

圏外　15:11　34%

< MEMO

ヤカン

魔鉱石という結晶を燃料にした、蒸気自動の車。走る時にはシュ、シュ、シュと機関車みたいな音がする。
丸いハンドルに、ブレーキペダルとスロットルレバー式のアクセルだけの簡単操作。ぼくは運転免許は持っていないけど、それをチェックする人もいないから大丈夫。走るために水を常に沸かしているからヤカンと命名した。

See you later, Fantasy World. We hope that Tomorrow comes again

第一幕「ホライゾン・ブルーに浮かぶ駅」

1

トラックを見つけてから四日が経っていた。

いまだに目じるしらしいものは見つからないでいる。トラックで物資を調達できていなければ不安にかられて泣いていたかもしれない。食料と燃料の残りは心の余裕と比例している。

おまけにヤカンの調子が良くなかった。故障を抱えていると言っていい。何がどう悪いのかが分からないのがますます怖い。

動かなくなるならまだしも、あちこちに蒸気によって圧力がかかっているから、何かの拍子にエンジンが吹き飛ぶかもしれないという恐怖がある。スロットルレバーに手をかけるたびに嫌な汗を握るほど緊張する。

不意にまた、ガガガッと車体が尻を突き上げるように激しく揺れた。とっさにレバーを押し上げると、ぐんっと加速して、振動は急になくなった。

「……そろそろ、マジでやばいかも」

今のは焦った。早いところどこかに腰を落ち着けたい。

平原の果てに何か見えないかと目をこらすけれど、相変わらず、長閑な風景が続いているばかりだった。

さっきまではあれほど背中に緊張を背負っていたのに、こうまで何もない穏やかな景色が続くと、そのうちに気を張っているのも飽きてしまう。

靴を脱いで、座席にあぐらをかいて、スマホを取り出した。画面をタッチして、聴き馴染んだ洋楽をＢＧＭにする。こんなことになるなら音楽を山ほどダウンロードしておいたのにな、と詮無いことを考えた。

この世界に来て初めて、ぼくは車というものを運転した。そうして知ったのは、運転というのはとにかく暇なものだということだ。だって、ハンドルを握る以外になにもすることがないのだから。

変わらない景色と平坦な道に、穏やかな英語の歌詞。いつの間にか意識はぼうっと揺蕩っていた。

だから、それが見えたとき、しばらく夢か現実か分からなかった。砂漠で蜃気楼を眺めるように、視界はゆらゆらと揺れていた。眠りと覚醒の波の頂点で、はっと意識が戻って、そうやくそれが現実だと気づいた。駅だった。

平べったい長屋のような駅が水上に浮かんでいた。駅の周囲だけが、大きな水たまりのようになって、空の青と白を反射させている。駅からは線路が二本、左右に延びていて、一台の黒い機関車が駅から半ばほど飛び出ていた。あわてて助手席から地図を取って広げた。地図の中には駅がひとつだけ描かれている。おそらくは、あれだろう。

どっと肩の荷が下りた。それは安堵と言ってよかった。自分がどこにいるかも分からない状態は、こんなにも神経を疲れさせるのだと初めて知った。駅だ。ぼくは、駅にいる。ただそれだけのことが驚くほど嬉しい。眠気はあっという間にふっとんだ。スロットルレバーを押し上げる。ヤカンは無言で、けれどしっかりと速度を速めて駅に向かう。

やがて水たまりに踏み込んだ。この辺りの地面が広く窪地になっているようで、タイヤの三分の一くらいが水に浸かった。ハンドルがぐっと重くなった。

ヤカンが進むたびに水上に波紋が広がっていく。映り込んだ青空と雲を揺らしながら、まっすぐに駅へと進んで行く。

ついにそれが間近に見えてきて、駅の出入口のすぐ近くにヤカンを停車させた。

駅の外観のもとは白かったみたいだけれど、今ではすっかり風雨の汚れにくすんでいた。それでも汚れさえ気にしなければ、駅は変わりなく日常を担うものだった。今にも中から人が出てきそうな雰囲気があった。

駅は地面からいくらか高く造られていて、水面から浮かび上がるように階段がある。そのおかげで構内までは浸水していないらしい。

ヤカンの燃料バルブを閉めて、ドアを押し開けた。

足元には空が広がっていた。靴下を脱いで靴の中に押し込んで、ズボンの裾をまくり上げた。水に足をつけると、ひんやりとした心地よさがあった。

後部座席のドアを開けて、バックパックを取って背負った。靴を手に、ざぶざぶと水を踏み分けて階段に向かう。一段、二段と上がって、最上段に腰を下ろした。バックパックからタオルを取り出して足を拭いた。靴下と靴を履き直して、改めて構内の出入口に立つ。

中には青い陰がひっそりと敷き詰められている。壁に並ぶ窓から差し込んだ光が、ぽつりぽつりと等間隔に長細い陽だまりを作っていた。

並んだベンチにも、窓口らしいカウンターにも、人の名残はなにもない。壁に掲示された何枚もの色あせたポスターと時刻表だけが、賑わっていたころの駅の様子をうかがわせた。

陰の中には鳥肌が立つような冷たい空気が溜まっている。陽だまりにさしかかるたびに、目を細めるような光が肌を温めてくれた。

構内はそれほど広くはなかった。窓口を通り過ぎ、廊下を歩き、改札らしい柵を抜けると、その先が黄色く輝いていた。そこがプラットホームになっているらしい。

屋根を支えるために並んだオレンジ色の鉄柱と、背を合わせた鈍色のベンチと、平原の鮮やかな緑と、それを飲み込みつつある白砂の丘が見えた。黒く大きな機関車。それから。

きらきらと、銀の糸が風にゆらめいていた。

ぼくは足を止めた。

ホームを覆う薄い屋根はいくらか崩れて穴を開けつつあるようで、ホームにはまばらに残春の陽が落ちている。

そのうちのひとつに女の子が立っていた。身じろぎをするたびに、陽光が銀髪に反射した。澄んだ青色のワンピースは空よりも軽やかで、それが余計にむき出しの腕や脚の肌の透明さを際立たせていた。

女の子は機関車に身体を向けている。目前に置いた三脚のイーゼルには水平になったスケッチブックが載っていて、手に持った筆を迷いもなく動かしている。絵を描いているのだとすぐに分かった。けれど、受け入れるには時間が要った。その光景に目を奪われていた。

青い陰に浮かびあがる木漏れ日のように柔らかな黄色の中で、切り取ったように明瞭な輪郭線で女の子が立っている。非現実的なほどに、それこそ目の前の光景こそが一枚の絵のようだった。

ふと、女の子が顔をあげた。

目の前の風景を鋭く見つめていたかと思うと、何気ない素ぶりでぼくに顔を向けた。目が丸く見開かれるのがよく見えた。だからその大きな瞳が、水に反射した空よりも深い蒼色をしていることが分かった。碧眼、というのだろうか。

ぼくたちは見つめあったままに時を止めていた。

お互いに何を言うべきか分からないでいたし、戸惑ってもいた。なにしろ、ほとんど人のいなくなった世界だ。こうして誰かに出会うというのは予期できるものでもない。

ただ、女の子が気づく前から、ぼくは彼女を見ていた。こっちから声をかけるべきだろうかと考えた。

「こんにちは」

久しぶりに、人に向けて声をだした。それは独り言とはまったく違った喉の部分を使うような感じで、ぎこちない声音で、しかも掠れていた。誤魔化すように咳払いをした。

「……こんにち、は」

と、小さな声が返ってきた。風があったら簡単に吹き飛ばされそうで、ぼくと同じように掠れていた。

女の子は口を手で覆って、調子を確かめる猫みたいに喉を鳴らした。

会話をするには不自然に離れていたので、ぼくは女の子に向かって歩き出した。構内から出ると、気が緩む心地よいぬくもりがあった。三メートル離れたところで足を止めた。女の子の瞳が不安げに揺れたからだ。

「あやしい者じゃないんだ。いや、自分で言うのもおかしいけど」人生でこんなセリフを言うことがあるとは思わなかった。「ずっと道を走ってて、そうしたらこの駅を見つけて、寄ってみたら、きみがいて」

早口に並べ立てた言葉はどうにも言い訳に聞こえた。会話の仕方をすっかり忘れてしまったみたいだった。

「……そう、ですか」

あ、めっちゃ警戒されてる。警戒されてるのは分かるけど、どうすれば良いのかはさっ

ぱり分からない。

そうしてふと冷静になると、これじゃナンパだなと気づいた。見知らぬ男に声をかけられて、和気藹々と会話ができる人は少ないだろう。ましてや、こんな世の中じゃ警戒するなと言うほうが無理だ。

人恋しさから何も考えずに声をかけてしまったけれど、配慮が足りなかった。

どうしたものかと頬を掻いてみる。

もちろん、名案なんて浮かばなかった。

絵を描いているの？　なんて訊いたって、女の子も世間話がしたいとは思えない。

「……ええと、それじゃ、お邪魔しました」

愛想笑いで誤魔化して、ぼくは踵を返した。その気はなくとも、客観的に見れば人生で初めてのナンパを大失敗した男だった。

背中越しに、あの、と声をかけられて、ぼくは驚いて肩を跳ねさせてしまう。振り返ると、女の子も自分の声に驚いたように口を押さえていた。

目があって、女の子は瞳を揺らした。なにかに迷っているみたいだった。無言の時間を待っていたけれど、

「いえ、何でもない、です」

と言葉を足元に落として、またイーゼルに向かった。

会話は終わりだという意思表示を理解できないほど鈍感ではない。ぼくは冷えた青い陰の中に足を戻した。

駅の構内には他に見るべきものもなかった。窓口の奥に駅員室のような小部屋があったけれど、すっかり荒れていた。

世界が終わると知って、どれほどの人がここで駅員としての業務を続けたのだろう。鉄道に乗ってどこかに行きたいという人は増えたに違いないけれど、その運行管理をしたいという人も増えたとは思えない。

駅の出入口にまで戻ってきた。一面に沈んだ水の平原に、斜になった太陽の光が投げ掛けられている。

構内を振り返る。あの女の子は、まだここにいるつもりなのだろうか。

ずっと座席に座っているのも、ハンドルを握るのも、目印もない平原を走るのにも疲れていた。今日はこの駅でキャンプしたかった。そしてぼくは警戒されてしまった。ここに居座るのも気まずく思えた。

仕方ない。駅から離れて、水気のない場所を探して、今日はそこでキャンプにしよう。

靴紐を解いて、靴下を脱いだ。ズボンの裾をまくり上げ、裸足で階段を降りる。水がひんやりと足の指にからんだ。

ヤカンの運転席のドアを開け、靴とバックパックを放り込んだ。足を拭いてシートに座り、スロットルレバーに手を伸ばして、ふと気づいた。

「あれ……？」

ボイラー内の圧力を示すメーターの針がすっかり下がっていた。駅に入るとき、ヤカンは暖機のままにしておいたはずだった。すぐに出発できるように、キャンプ地に駐車するまではそうしておくのが習慣になっていた。

おかしいな、という思いと、背筋がぞわぞわするような嫌な予感があった。並んだメーターに目を走らせた。

燃料室の圧力計は暖機状態であることを示していた。しっかり火が入っている。

改めて燃料室の開閉バルブを開いた。これで燃料室とボイラーを繋ぐパイプが開き、ボイラー内の水を沸騰させてくれるはずだ。

けれど、いくら待っても、水が沸騰するときのゴゴッという音がしない。

ボイラー内の圧力計の針も、わずかに震えるだけで、それ以上は動かない。

ぼくはバルブを閉め、燃料タンクの点火スイッチも切った。そのままハンドルに突っ伏した。

こめかみのあたりがぎゅうっと締め付けられて、顔から血の気が引いたみたいだった。脳みそがぐるぐると回っていた。ハンドルを握りしめていないとそのまま倒れこみそうだった。

予想はできただろう、と自分に言い聞かせる。故障の予兆はあったんだから。むしろここまでよく頑張ってくれたよ。ろくに整備もしていなかったのに。

唇を噛み締めた。ドアを開け、また外に出る。飛び降りるようになって水が思い切りしぶきを上げた。ズボンがぐっしょりと水を吸ったが、気にもならなかった。

ヤカンの前に回ってボンネットを開けた。ヤカンの心臓部である。

タイヤに動力を伝えるための蒸気ピストンが組み込まれたエンジンと、蒸気そのものを生み出すボイラーが収まっている。

念入りに、端から端までチェックした。それを三度、繰り返した。

けれど何も分からなかった。配管に亀裂が入っているとか、オイルが漏れているとか、そういう目に見えて分かりやすい異常は何もない。

諦めてボンネットを閉めて、また運転席に戻った。

もう一度、始動の手順を繰り返す。

点火スイッチを入れる。これで燃料室の魔鉱石に火が入り、圧力計の針が上がる。

ボイラー内の水位計をチェックする。問題なし。

祈るような気持ちで、燃料開閉バルブをゆっくりと開いた。

腕時計を見る。針が揺るぎなく動いている。一周、二周、三周……。

ボイラーの圧力計は底値からぴくりとも動かなかった。完全に止まっていた。

ぼくは燃料バルブを閉じて、点火スイッチを切った。

これで、今日はおしまいだ。問題なのは、明日があるのか、ということで。

目の前には廃駅がある。あたりは水浸しだ。それ以外には、なにもなかった。

2

片手で持てる円筒形のバーナーである。

地金は金色だったみたいだけれど、使い込まれたせいですっかり鈍い色へと変わっている。中心にはおちょこのような点火口があって、そこは熱によって青黒い色味へと変色していた。

ぼくがこれを譲り受けたときからこんな感じだった。どれほどの間、使われているのか見当もつかない。

スベアと呼ばれるこのバーナーは非常にシンプルな構造で、だからこそ頑丈だった。人間がすべていなくなっても、これだけは残るとあの人はよく言っていた。

本体には小さな鍵が鎖で繋がれている。それを燃料タンクと点火口を繋ぐパイプに差し込んだ。解錠するように鍵をひねって、そこにマッチの火を近づければ、ぼっ、と火が立ち上がった。

火は断続的に消えかかったり、強くなったりする。ボッボッボッ、と不安定に鳴り続ける。タンクの中の魔鉱石に熱が入るまでは火力が不安定なのだ。

マッチの入った小さな金属の缶は、揺らせば底が見えた。マッチの数もずいぶんと少なくなっていた。どこかで補給しないとな、と考えながら木箱に戻した。

ぼくは駅の階段前であぐらをかいて、ぼんやりと空を眺めた。夕焼けが空を焼いていた。浮かぶ雲の輪郭が光で縁取ったように輝いていた。広がる水面もひたすらに赤く、ぞっとするような美しさだ。

スベアはすっかり静かになって、火は安定して噴き上がっている。

車から降ろしたバックパックを探り、袋から小型のケトルを取り出して、階段下の水を汲み上げた。

地面にハンカチを広げて、革の小袋から焙煎済みのコーヒー豆を一杯分取り出した。ハンカチで包んで、薪割り用の手斧の後ろで叩いて砕いていく。何度も小刻みに繰り返して、手応えがなくなったのを見計らってハンカチを開いた。もちろん粗挽きどころじゃないけれど、この状況じゃこれが精一杯だ。

砕いた豆をケトルの中に流し込み、蓋をしてスベアに載せる。火を弱めて、あとは待つだけだった。

ケトルの口から湯気が沸きだすころに、バックパックからチタンのカップと、砂糖の入った小瓶を取り出した。

革手袋をしてケトルを取り、揺らさないようにゆっくりとカップに注いだ。茶色く色づいたお湯が流れ出て、香りばかりは立派に湧き立った。

これはフィールド・コーヒーと呼ばれるやり方で、カウボーイやらネイティブアメリカンが始めたという古い飲み方だ。ある意味、一番正統な淹れ方なわけだ。

湯気を吹いて少し冷まし、ひと口、啜った。

「にっげえ……」

正統だからもっとも美味しいという理屈は、もちろん存在しない。豆を粗く砕いて放り込み、芯までとことん煮出しているのだから、そりゃ雑味や苦味やエグ味も存分に染み出している。豆自体も見つけてから時間が経っているために、ますますひどい味わいだった。

コーヒーというより、カフェインの入った泥水というべきだろうか。

カップの中に砂糖を山盛り入れて、それでようやく、我慢すれば飲めるかなという味になる。

あぐらの中にカップを抱え、苦い泥水を啜りながら、ぼけっと眼前の景色を眺める。

水に沈んだ平原の中に、オリーブグリーンのヤカンがぽつねんと鎮座している。

風が吹くと水面が波打ち、波紋はヤカンの足元を通ってはるか先まで流れていった。照り返す夕日が揺れ、静寂だけの世界が少しだけ息を吹き返したみたいだった。

ふとした足音に振り返る。

駅の構内の、濃く沈んだ影の中に、女の子が立っていた。背中にはリュックを背負い、イーゼルを抱きかかえるように上半身を反らせている。

「こんばんは」

ちょっとした気まずさを誤魔化すようにあいさつをしてみる。女の子は不審を隠さずに眉をひそめながらも「こんばんは」と言った。

「今日はここに泊まらせてもらおうと思って。あ、コーヒー飲む？　不味いけど」

「……不味いものを勧めるんですか？」

「慣れたら悪くない」

「……お気持ちだけで、結構です」

女の子は通路の端——ぼくからできるだけ離れた動線を選んで階段の端に行き、荷物を置いてしゃがんだ。大きなハイカットブーツの靴紐を解いている。

髪が不思議な色に見えた。夕日に照らされている前髪は、赤みを混ぜた銀色のように澄んだ色をしている。その反対側の陰になっている場所は、銀よりもずっと明度の低い灰色だった。光の当たり方の問題だろうか。

女の子が前かがみになって、髪が横顔を遮るように流れ落ちた。それを耳にかき上げるときに、小ぶりな耳がツンと尖っているのが分かった。

「ハーフエルフが珍しいですか？」

氷のようにはっきりとした声音だった。

「ごめん。不思議な髪色だなと思って。ハーフエルフっていうのは、よく知らないけど」

理由はなんにせよ、女の子をじっと見ているのは不躾だった。ましてや赤の他人だ。

ぼくは視線を前に戻し、手持ち無沙汰を誤魔化すようにコーヒーを飲んだ。

ざぶざぶと水をかき分けて歩く音があって、ぼくは横目を向けた。女の子の後ろ姿が見えた。イーゼルに結び付けられた靴が彼女の歩くたびに揺れていた。水面の上すれすれに、ワンピースの裾がはためいている。

女の子は駅舎の端で曲がって、姿は見えなくなった。どうやら向こう側に車かなにかの移動手段を停めていたらしい。

彼女の残した波紋を目で追って、ついにそれも消えてなくなると、やけに寂しさが募った。誰かと話すという日常を思い出したあとだから、余計に肩にのし掛かった。

カップに残ったコーヒーを啜った。冷めたことで力を増した苦味と酸味とエグ味に顔を顰める。

まあ、仕方ないさ。

こんな世界で誰かと仲良くなるなんて、簡単なことじゃあるまいし。

口の中にざらりと粉っぽい感触があった。砕いたコーヒー豆だ。フィルターで漉していないから、こうしてカップの底に残るのだ。最後のひと口を投げ捨て、水を掬ってカップの中を洗い流した。

3

食は娯楽だ。

と言っても、使える食材といえば缶詰と水くらいのもので、ここ久しく新鮮な肉や魚を食べていない。茂る野草はよく見るものの、それが食べられるのか、ぼくには判断がつかない。かなり偏った食生活を送っている。

あたりはすっかり暗くなっていた。街灯のひとつもないけれど、中天にある月が辺りを柔らかく照らしてくれている。

ランタンの灯りが弱くなっていたので、小さなハンドルをぐるぐると回した。手回しで発電ができるのだ。これのおかげでスマホにもわずかばかりの充電ができる。

缶詰を並べて、ランタンの灯りで説明書きを読むが、もちろん異世界の文字だから中身ははっきりとしない。それでも缶詰を開けて中身を知るという経験を繰り返してきたので、サイズや外装の雰囲気で推測する技術を身につけている。

今日はこれだと缶詰を開けると、中は赤黒いソースのからんだ肉の塊がぎっしりと詰まっていた。鼻を寄せるとツンと鼻を刺激する辛味を感じた。それでいてどこか甘い香りもした。

箸で肉をつまんで口に入れた。甘さと酸味があった。それからすぐに、

「かっら……！」

舌を刺すような味だ。辛味は旨味にもなるが、ここまでくればただの刺激物だ。

肉は鶏肉っぽくて、この世界の缶詰ではわりと定番だ。ただ、ソースとは初対面だった。チリソースに近いようで、とにかく辛い。ぼくが楽しめる基準を明らかに超えている。どう料理したもんかと思案しながらスベアに着火した。構内の壁に赤い揺らめきが反射している。

小さな鍋を乗せ、そこに鶏チリの缶詰をあける。空になった缶を使って水をくみ上げて、残ったソースを溶かし、そのまま鍋に加える。缶を洗うのと、味を少しばかり薄めるのと、一石二鳥だ。

積み重ねた缶詰から見慣れたものをふたつ取った。ひとつは豆の水煮だ。もうひとつは、キャベツの千切りの酢漬けのようなものがぎっしり詰まっている。両方とも鍋に放りこんだ。

スプーンでかき混ぜながらくつくつと煮込んでいく。鍋の縁で泡が立つほどに熱くなった頃合いに、スープの味を見る。

「……まあ、うん」

予想通りとしか言えない。そりゃ、こういう味がするよね。

木箱から小型のトランクを引っ張り出した。金具を押して開く。中には小瓶や小さな筒なんかが詰まっている。この世界で集めた調味料のケースなのだ。

砂糖を取り出して、鍋に放り込む。スープの粉末を加えて、味に奥行きが出ることを期待する。刻んだハーブの葉が混ぜ込まれた塩をひとつまみ。すべて目分量だ。飲食店じゃあるまいし、食べるのも自分だけだし、料理はいつも直感と気分でやっている。これでなかなか、美味くなる。

焦げないように様子を見ながら煮詰めていく。やがてソースがどろりとしてきて、スプーンで掬えばキャベツが煮溶けつつある。息を吹きかけて、歯でこそぐように食べた。

舌が悲鳴をあげるくらい熱い。

口の中に息を吸い込んで冷ますと、味が顔を見せた。どろりとした甘味があった。酸味はかすかに。スープの粉末のおかげだろう、出汁のように旨味の奥行きがある。辛味はずいぶんと薄まって、ほど良く舌を楽しませてくれる。飲み込んだあとに口の中がヒリヒリしたが、それが気持ち良いくらいだ。

「ぼくは煮込み料理の天才かもしれない」

真顔で言ってみるが、もちろん独り言である。この世界にツッコミを入れてくれる人間はもうほとんどいない。ボケは死んだのだ。

スベアの火を切ってから、円筒形の缶詰を取った。中には素朴な味わいで固くて口の中でモソモソして唾液を奪い取る凶悪なパンが入っている。これがぼくのもっぱらの主食だった。

その時、視界の外でじゃぶじゃぶと水を割る音が鳴った。ぼくは身を固くした。夜は人の警戒心を強くする。背筋で糸が張りつめるように緊張感が高まった。

パンの缶詰を握りしめて、音の方をじっと見る。影が動いていた。月明かりに浮かび上がるように白い残影が揺らめいている。

ぼくはほっと息をついた。ランタンの白色灯に照らされたのは、あの絵描きの女の子だった。

彼女は片手に靴を持ったまま階段をあがってきた。やけに真剣な表情をしていた。

「あの」と彼女は切りだした。「その匂い、迷惑なんです」

「に、匂い？　ごめん、臭かった？」

女の子は首を振った。眉をひそめて、怒っているみたいに目を細くした。

「……美味しい匂いが気になって、落ち着かないんです」

きっとぼくは、きょとん、なんて表現がしっくりくる顔をしていただろう。

それから、吹き出してしまった。パンの缶詰を抱えこむようにして笑いを堪えたけれど、あまり効果はなかった。こんなに笑ったのはいつぶりだろう。

目尻に浮かんだ涙を拭うと、女の子が変わらず、不機嫌そうな顔をしていた。それは少しばかり幼げな雰囲気だった。

ぼくが手招きをすると、女の子は野良猫のように警戒しながら、夜闇を背景に浮かび上がる白い素足でぺたぺたと近づいてきた。

それでも絶対に手が届かない場所で——何かあればすぐ逃げられる距離で立ち止まった。

「晩ご飯、まだなの？」

訊くと、女の子はワンピースに羽織った上着のポケットから缶詰を取り出して見せた。

「それだけ？」

「……食料は、貴重なので」

たしかに、とぼくは頷いた。こんな水上の駅ならなおさらだ。

ランタンの灯りに照らし上げられた彼女の髪は、夕方とはまた違った、深みのある灰色をしていた。光によって色味を変えるその髪に、不思議と視線を寄せてしまう。

「よかったら一緒に食べる？　ひとりの食事には飽き飽きしてるんだ」

女の子はじっと鍋を見つめながら、「……いえ」と首を振った。お腹がぐうと鳴った。

途端に、お腹を抱きかかえるように座り込んだ。

「聞かなかったことにしてください」

「いや、ばっちり聞こえたよ」

「……鳥の、鳴き声です」

「なるほど、それなら仕方ない」

納得して見せたというのに、女の子は恨めしそうな顔でぼくを睨んだ。

「じゃあ取引をしよう。その缶詰をぼくにくれるなら、この鶏と野菜のチリ煮込みを分ける。どう？」

「うっ」

難問を前にした数学者のように険しい顔だった。ただ、見つめているのは湯気をあげる鍋だ。

ぼくがこれ見よがしにスプーンで鍋をかき混ぜると、女の子の鼻がすんすんと鳴った。

「……その商談、乗ります」

厳しい決断だったらしい。女の子は重苦しく言った。ぼくはまた笑った。

「よし、こっちにおいで」

木箱から金属の皿とスプーンを探し出した。いつもは調理した鍋やフライパンからそのまま食べるので、こうして食器を使うのも、誰かと一緒に食事をするのも、同じくらい久しぶりだった。

皿によそっていると、女の子はしゃがんだまま、ゆっくりと寄ってきた。驚かせてしまったらすぐにでも飛び跳ねて逃げていきそうだった。

「ぼくは恵介。きみは？」

皿にスプーンを添えて差し出すと、彼女はそれを見つめた。ちらりと瞳だけを動かして、ぼくの顔をうかがった。

「……ニト、です」

手に持った缶詰を床に置き、ずいとぼくの方に押しやって、ニトと名乗った女の子は皿を受け取った。その揺るぎなく頑なな態度が好ましく思える。

ニトは皿の中身を見下ろしている。ぼくはそんな彼女を見ている。ふと上げた目線とかち合って、ぼくは視線を鍋に戻した。

缶詰から取り出したパンをスライスする。缶詰の形のままに丸太のようなパンなのだ。スペアから鍋をおろし、その火でパンを炙る。

わっ、と小さな驚きの声が響いた。見ると、片手にスプーンを持ったまま、ニトが自分でも驚いたように口を押さえていた。

「口に合わなかった？」

心配になって訊いてしまう。なにしろ自分の好みに合わせた味付けだ。

ニトはぶんぶんと首を振った。自分の反応に恥じらったように、すんと表情を落ち着け

て、

「おいしくて、驚いただけ、です」

「そっか。なら良かった」

「……料理人ですか？」

「まさか。趣味だよ」

両面にきつね色の焼き目がついたパンを、腕を伸ばして女の子の皿に載せた。

「あっ」

「これに載せて食べるともっとおいしい。かもしれない」

「……取引にパンは入ってない、です」

「もともと、パンと合わせてひとつの料理なんだ」

「その理由は後付けでは……？」

「事前に取引内容を確認しなかったきみが悪い。おとなしくパンも食べるように」

女の子は不満げにぼくを見ていたが、ぼくは気にせずパンを炙る仕事に戻った。

しばらくすると、サクっと耳に心地よくパンをかじる音と「んっ」と驚く声がした。ぼくはにやける顔を抑えるのに苦労した。

食事には二種類ある。ひとりの食事と、ひとりじゃない食事だ。

和やかに会話をするわけではない。それでもぼく以外の、料理を冷ますために息を吹きかける音がある。パンをちぎる暖かい音がある。食器同士のぶつかる軽やかな音がある。この寂しい世界で、自分以外の誰かがいる。

小鍋に残ったソースをパンできれいに掬いとる。口に放り込むと、ソースを吸って柔らかくなったパンがほろりと溶けた。ほとんど無味のパンがこのときばかりは甘辛さを纏って舌を楽しませてくれた。

女の子はすでに食べ終わっていた。食器が未使用みたいに綺麗な状態になっている。皿を見つめる顔が名残惜しげに見えるのは、ぼくの都合の良い思い込みだろうか。

「足りなかった？」

「……いえ。おいしかったです。ごちそうさまでした」

差し出された食器を受け取って小鍋の上に重ねた。

ぽつ、ぽつ、と、音がしたわけではない。落ちた水滴がそんな風に見えただけだ。それはすぐに間隔を狭めた。月が浮かぶ平坦な水面に、ひっきりなしに丸い波紋が繰り返され始めた。

「強くならないうちに入ろう」

ぼくらは階段前に陣取っていて、そこにも庇はあるけれど、斜めに降りこまれたら濡れてしまう。

　ぼくはバックパックを背負い、木箱を抱えて構内に入った。月明かりもここまでは手の届かない様子である。歩くのをためらう暗闇が寝そべっていた。

と、光が差した。ニトがランタンを手に付いてきてくれていた。

「ありがと。助かる」

「いえ」

　ぼくとニトは並んで立って、急に雨脚を強くした夜空を眺めている。月は出ているからすぐに止むような気もしたし、朝まで降り続きそうな気もした。

　どちらにせよ、この雨が止むまではニトも戻れないだろう。

「車？」

「いえ、オート三輪です」

「オート三輪って？」

　なぜそんなことも知らないのだ、という表情をたっぷりと味わった。

「……荷台付きの、小型三輪自動車です。蒸気自動車ほど運転は難しくないので。資格を持っていないのは、どっちも同じなんですけど」

「あ、やっぱり蒸気自動車の運転って資格がいるの？」

お前はいったい何を言っているんだ、という表情で、ニトはぼくからヤカンに視線を移した。運転しているんじゃないのか、と言いたいらしい。

「運転の仕方は教わったけど、資格は持ってないんだ。この世界の人間じゃないからさ」

「異世界人だったんですか」と、ニトが目を丸くした。「……本当に、いたんですね。本の中だけの存在かと思っていました」

「本当にいるんだよ。はじめまして」

ニトはいくらか視線を迷わせた。

「こんな状況で、大変、ですね。少し前なら国賓待遇だったのに」

「それは初耳なんだけど」

「この世界の文明は、迷宮の産出物とそこから召喚される異世界人の知識によって発展してきましたから。どこの国も異世界人から何かしらの恩恵を受けようと必死でした」

「……来るにしても、明らかにタイミングを間違えちゃったな。そもそも来たくはなかったんだけど」

額に手を当てた。期待に応えられる知識なんて持ち合わせてはいないけれど、それでもこうして滅んだ世界でホームレス生活をするよりは、国賓としてふんぞり返っていたかった。

「まあ、いいや。どうにもならないし。帰る方法って知ってる？」

「……かつては、召喚された迷宮の魔力変動期に合わせて帰還するとされていましたが、今は世界中が魔力飽和状態なので、魔力変動も起きません。それに迷宮はすべて資源が枯渇し、封鎖されたと聞きます。むしろ、あなたはどうやってここに？」

ぼんやりと記憶にあるのは、朽ちた石造りの遺跡だった。

一泊二日を予定したキャンプに向かう途中、マンホールに落ちたような浮遊感にあって、気づけばそこに立っていた。

「さっぱり分からない。事情が分かりそうな人は知ってるけど、そっちはどこにいるのかが分からない」

「そう、ですか」

ニトの視線に気遣うような優しさがあった。良い子なんだろうな、と考える。

「きみも旅を？」

「……はい。初めての、旅、です」

含みのある言い方だった。そこを深く訊いて良いものか、悩んだ。

踏み込むには、ぼくらの間にはまだ深い溝があった。人はおずおずと出会うものだ。そこから急に距離を詰めるのは、どうにも品がないように思えた。

「そっか。お互いに大変だ」

「はい」

ざあ、ざあ、と雨が降っている。

広がる一面の水の平原に、絶え間なく波が生まれている。流れてきた厚い雲に、月の明かりがゆっくりと遮られた。

「実は」とニトが言った。「オート三輪が、故障してしまったんです。ずいぶん動かしていなかったから」

「奇遇だね。ぼくの車も壊れてるんだ。前から調子が悪くて」

「えっ」

ニトが髪を揺らしてぼくを振り仰いだ。

ぼくはその表情を見返した。

お互いに見つめあって、どうしてか気まずい沈黙が横切った。

「そう、なんですね」

「困ったよね。こういうとき、どうしたらいいんだろ」

「普通はリボイル・トラクションに頼るそうですけど。こんな状況ですから……」

聞き馴染みのない言葉に首をかしげると、ニトが「あっ」と気づいて説明してくれた。

「移動式の蒸気修理車のことです。街道を何台も周回していて、故障車を見つけるとその場で修理してくれたり、蒸気工場まで牽引してくれるんです」

「それは便利だ」

まさに今、助けてほしい。

月が隠れてしまって、山にも平原の先にも家の灯りひとつすらない。かつてはこの駅を利用する人がいて、平原を走る車のヘッドライトがあって、虫や鳥の鳴き声が聞こえたのだろうか。

城跡に立って昔に想いを馳せるような気持ちだったが、馴染みのない世界の、見たこともない過去を想像するのは難しかった。感傷的な気持ちよりも、明日、どうすべきかという問題が差し迫っていた。

「そろそろ、戻ります」ニトはぼくに向けて頭をさげた。「夕飯、ごちそうさまでした」

「雨だけど。もう少し待ったら？」

「いえ、すぐそこなので。夜も遅いですし」

門限の迫ったお姫さまのように言って、靴を持ち上げ、雨の中に階段を降りていく。夜闇に消えていく背中を見送った。水をかき分ける音は、やがて雨音にまぎれて聞こえなくなる。

そのまま、しばらく立っていた。ひとりになると、目の前の夜ですら陰気に見えてくる。

「あっ」

雷が落ちるように気づいた。

さっきの、もしかして、助けを求められたのではないだろうか。車が動かないことで困っているのは、ぼくだけではないのだ。

「なにが奇遇だね、だよ」

実際、ぼくも状況は同じなので、助けようもないのだけれど。もう少し言い方はあったはずだ。

ニトが去った方を見やるが、今さら追いかけるわけにもいかなかった。

大きくため息をついて、ぼくは構内に戻った。

今日はもう、寝よう。

4

テントから出ると、白紙のような朝日が差し込んでいた。

寝ぼけ眼で階段に腰を下ろし、ぼけっと景色を眺めた。夏空によく見るような大きな入道雲が山から湧き上がっていた。目の前の澄んだ水たまりが今ばかりは海に思える。

かがんで両手を差しこみ、掬い上げた水で顔を洗った。水はひんやりと心地よかった。

三回も繰り返せば目が覚める。シャツの裾で顔を拭い、そのまま後ろに倒れこんだ。

青い陰の張り付いた構内の天井が見えた。細長い蛍光灯のようなものが吊り下がっている。背中のタイルがほんのりと暖かく、このまま寝てしまいそうなほど心地がよい。

目を閉じて両手を広げて転がっていると、ざぶざぶという音が聞こえた。それはやがて、ぺたぺたに変わって、すぐ近くで止まった。ふわりと柔らかい風と、初夏の香りがした。

「なにをやってるんですか？」

幼い響きを語尾に残した、すこし高い声。

「太陽を感じているんだ」

「それは、異世界の儀式かなにかです？」

「いや、趣味」

「……そうですか。楽しそうですね」

目をあけると、膝を抱えてしゃがんだニトがぼくの顔を見下ろしていた。

「おはよう」

「はい。おはようございます」

「朝ご飯が欲しいの？　ちょっと待ってね」

「違います」ニトは頬を赤くした。「そんなに食に卑しくありません」

卑しくありません！

そんな表現をじっさいに使う人には初めて出会った。真偽はさておき。

「じゃあ、どうしたの？」

「……あなたの車なら、信号拳銃が載っているんじゃないかと思って」

「トランクに入った小さい銃ならあるけど」

「それです。わたしのオート三輪にはないんです」

「銃でどうするの？」

「助けを呼びます」

「詳しく聞こう」

ぼくは勢いをつけて上半身を起こした。ニトが驚いたように身体を引いた。

「……故障したり、燃料や水不足で立ち往生したときには、信号弾で赤い煙を空に打ち上げるんです。それを見た移動式蒸気修理車が駆けつけてくれるんだとか」

「へえ。そんな文化があるのか」

「わたしも本で読んだことがあるだけなんですが……」

人がほとんどいなくなったこの世界で、まだ移動式蒸気修理車（リボイル・トラクション）とかいうのを運転している変わり者がいるのかは分からない。それでもここで日向（ひなた）ぼっこをしているよりは有意義そうだった。

「さっそく試してみよう」

ぼくが立ち上がると、ニトも倣（なら）った。

ズボンの裾をまくり、階段を降りて、水の中に足を沈（しず）める。顔を洗うには心地よかったけれど、両足をつけるには少し冷たさが過ぎる。

ざぶざぶと水を分けてヤカンに向かう。ニトも後ろを付いてきた。昨日の雨のせいだろう。いくらか水位が増したようで、昨日よりも歩きづらい。

助手席から小型トランクを取って、ボンネットの上に置き、錠（じょう）を開いた。

上下二連の小型の銃が、赤い布張りの型にぴったりと納まっている。上蓋（うわぶた）には六発分の弾（たま）を収納できるように型があいているが、今は頭の赤い銃弾が二つ並んでいるだけだった。

「これだよね？」

横に並ぶニトに訊（き）く。

「はい。赤い弾頭が信号弾です」

弾は装塡（そうてん）したが、まだ一度も撃（う）ったことがないので、それを知ったのは初めてだった。

なんでこの二つだけが赤いのかずっと疑問だったのだ。

信号拳銃をトランクから取り出すとずっしりとした重みがある。小さくても銃身はすべて金属だ。銃把に合わせて握ると、ちょうど親指のあたりに小さなレバーがある。押し込みながら左手で銃身を下げると、手元近くで折れるように曲がって、装塡してある銃弾の尻が飛び出した。

二発のそれをつまみ出して、トランクの型に押し込んだ。代わりに赤い銃弾を二つ装塡して、銃身を戻す。

撃鉄を親指で押し下げると、手元でがちりと噛み合う音がした。あとは引き金を引くだけで良いはずだった。

ニトの顔をうかがうと、どこか緊張した表情がぼくを見つめていた。止める様子もないので、ぼくは腕を上に伸ばした。耳に二の腕をぴったりと付け、反対の耳は手のひらで押さえる。引き金に人差し指をかけた。

ニトが慌てて両手で耳を覆ったのをたしかめて、ぼくは指を引いた。ところが引き金は半ばで、がちりと固い感触に止まってしまった。

なんだ、とさらに強く引くと、途端に軽くなって、次の瞬間には音と衝撃が手首に響いた。

ニトが両耳に手を当てたまま、小さく口をあけて見上げていた。

頭上に真っ赤な煙が高く伸びていた。縦に尾を引いた飛行機雲のように、まっすぐに。ちゃんと撃てたらしい。手の中の信号拳銃を見る。

「……どうしました？」

「引き金を引いたとき、途中で指が止まったんだ。急に重くなって」

「それは安全装置です」

「安全装置？」

そういえば、映画でそんな言葉を聞いたことがあった。でもそれって、レバーとかボタンじゃなかったっけ。

「誤射を防ぐために、引き金の途中で止まるようになってるんです。そこでもう一度、今度は強く引いて、ようやく撃てるそうです」

「なるほど。よく知ってるね」

「本で読みました」

「博識だ」

「いえ。知っていることしか知らないです」

哲学者みたいなことを言うニトの顔は、べつに冗談を言っているようでもなかった。

しかし、そうか、安全装置なんてものがあったのか。

ぼくは手の中の銃を見る。その重みは、何度持っても変わらない。良い勉強になった。

「……なにかありました？」

「いや、なんでもない」銃をトランクに戻して、蓋を閉じて錠をかけた。「これで誰か来てくれるといいね」

「そう、ですね。でないと、困ってしまいます」

二人して空を見る。赤い筋は高く伸びていて、その先の方は随分と細い。風に流され、輪郭は少しぼやけている。これをどこかで見てくれる人が、まだいるのだろうか。

しばらくそうしていたけれど、ぐう、と間の抜けた音に視線を戻した。

「…………」

ニトがうつむきがちにお腹を両手で押さえている。

「今日も鳥は元気そうだ」

「……よく言って聞かせておきます」

「さ、朝ご飯にしよう。食べていくでしょ？　ま、缶詰なんだけど」

駅に戻ろう、と水の中を歩き出す。背中越しにニトの歩く音を聞く。

「……あとで、缶詰をお支払いします」

そんなつぶやきに、ぼくは思わず吹き出した。

5

スベアの火で温めただけの簡素な朝食をとって、ぼくらは階段に腰をおろして待っていた。

腕時計を見て、過ぎた時間をたしかめる。赤い煙はもうすっかりと流れて消えてしまった。誰かが来る様子はいまだにない。

ぼくもニトも口にはださない。予想はついていたからだ。最初から、一度で、誰か来るとは思ってもいない。

「もう一回、撃ってみよう」

立ち上がると、ニトはぼくを見上げて眉を寄せた。

「今ですか？　もう少し時間を置いた方がいいのでは」

「時間を置いても仕方ないよ。いつ撃つのが正解かなんて分かりっこないんだし」

ズボンの裾をまくる。

「で、ですけど、あと一発しかないんですから、慎重に」

「慎重にどうするの？　待つ？」

「うっ」

ニトはもごもごと言葉を迷わせてから、ぷくっと頬をふくらませた。

「……そんなに撃ちたいなら、撃てばいいですよ。知りませんから」

「こう考えてよ。いま撃っておけば、いつ撃とうかっていう悩みからは解放される。だめなら次を考えよう」

「能天気すぎます……頭がただの空洞だとしか思えません……」

「きみ、意外と辛辣だね」

その豊かな表現力はぼくをけなす以外の方向で役立ててほしい。

朝よりもぬるくなった水の中に足を入れ、ヤカンに向かった。ボンネットの上にはトランクが置きっ放しだ。最初から二発、撃つつもりだった。

リボイルだかトラクションだか知らないが、どうせ来やしないのは分かっている。ただでさえ人は減って、法を執り締まる人も消えて、職場も学校も崩壊したような世界で、いまだにそんな仕事を熱心にしている人間なんているわけがない。

錠をあけて、安全装置で半ばで止まる。力をこめる。空に向けて、引き金を引く。

一回。安全装置で半ばで止まる。力をこめる。

二回。反動と発砲音。

見上げれば問題なく赤い煙が伸びていた。二度目の手順はうまくいった。奇しくも良い練習になった。

レバーを押して銃を折ると、空になった薬莢が残っている。取り出してトランクの上蓋の弾型に押し込んで、最初に入れていた二発を装填し直した。銃を納めて錠をおろし、また助手席に置いた。

階段まで戻ってくると、ニトが膝を抱えるようにしゃがんでいる。頬はぷくりとふくらんだままだ。

「機嫌、直してよ」

「……べつに悪くないです。銃はあなたのものなので、いつ撃っても自由です」

「知らないのかもしれないから言っておくと、今のきみの状態を機嫌が悪いって言うらしいよ」

「そうですか。初耳です。覚えておきます」

ツンとした言い方に思わず苦笑を浮かべてしまう。

「大丈夫だよ。すぐに来るってば」

と、言ってはみるが、ぼくはそう思ってはいないのだから、ずいぶんと白々しい響きになってしまった。

まあ、そうだな、とりあえずヤカンからすっかり荷物をおろして、ゆっくり寝転んで今後を考えよう——と。

「……これ」

はっと顔をあげたニトが目を見開いた。立ち上がって階段の際に駆け寄った。突然どうしたんだよ、とは言えなかった。ニトが聞きつけた金属が擦れ合う音はぼくにも聞こえていた。

蒸気によって動かされたピストンの、巨大な機関車の走るような力強い排気音。すべてが遠く霞んでいて、けれどたしかに、ここまで届いていた。

ニトが驚いたようにぼくを振り返った。平原の一方を指差して、明るい声で言った。

「黄色い煙です！　移動式蒸気修理車です！」

そこにはたしかに鮮やかな煙が筋を伸ばしていた。やがて白い砂丘から浮かび上がるように、黒い点が現れた。それは間違いなくこちらに向かって近づいていた。

「……まじで？」

滅びたこんな世界で客がいるはずもないのに、真面目に仕事をしている人間がいるということが、ぼくにはさっぱり理解できない。それでも間違いなく、黄色い煙をもうもうと噴き上げながら、その車はこちらに向かっていた。

6

ヤカンのボンネットを開き、覗いて。ヤカンのバック・ドアを開いて、覗いて。真っ黒に焼けた肌に髭面のおじさんは「ここじゃ無理だな」と言った。

「ボイラーからの配管の継ぎ目が溶けて割れてやがる。運転に慣れてねえやつが高温で焚き過ぎた結果だ。こっから蒸気が漏れたせいで燃料管も三本、使い物にならねえ」

「……はあ」

「燃料室の方も怪しいし、クランクもガタがきてる。チェーンにいたっちゃ丸ごと交換だな」

「……はあ」

おじさんの鋭い視線にぼくは背筋を正した。べらぼうに迫力があった。

「お前の車だろうが。しっかり聞いとけ」

「は、はいっ」

「こいつは工場に引っ張る。バラさなきゃどうにもならん」

「……お願いします」

あ、それは結構です。とはもちろん言えなかった。いや、言うつもりもないのだけれど。有無を言わせない言い方というか。

「それで、もう一台あるんだったか？」

今度はニトを見据えた。べつに怒っているわけではないのだろう。それでもおじさんの目つきはなかなかに鋭い。

ニトはびくっと肩を跳ねさせると、小動物のような俊敏さでぼくの背後に回り込んだ。

ぼくを盾にするなよ。

おじさんは、代わりにお前が教えろとばかりにぼくを睨んだ。仕方なく、駅の横手を指差した。

「そうか」

と、工具箱を片手に荒っぽく水を蹴飛ばしながら歩いて行った。

「ほら、もう行っちゃったよ」

後ろのニトに声をかける。

「……どうも」

不本意そうな低い声が返ってきた。

ニトはおじさんの跡を追うように歩き出す。意識して伸ばしているらしい背中が微笑ましい。ぼくもその後ろに続く。

ヤカンの横に並んだ大きなトラックを横目に眺める。これが移動式蒸気修理車というものらしい。

とにかく、でかい。

横幅だけでヤカンを三台並べたくらいはあるだろうか。車体には丸められた金属の管や予備のタイヤなんかが固定されていて、後部の荷台の上には錆の浮かんだ黄色いクレーンと滑車が飛び出ていた。修理車というより工事車両と言われた方がしっくりくるような迫力がある。

駅の横手を曲がると、そこにも小さな階段と通用口があった。ニトがオート三輪と呼んでいた小さな車が停まっていた。文字通りの三輪で、ずいぶんと丸っこい。人が座れるのは運転席と助手席だけで、後ろは荷台になっていた。いまは幌が斜めに張ってある。タイヤも小さいもので、見た目も軽トラックみたいにシンプルだ。

「いいえ！」

「怖かった？」

おじさんは開いたボンネットに顔を突っ込んでいたが、ぼくらの歩く水音に気づくと顔を上げた。ニトがまた、すすっとぼくの後ろに回り込んだ。

「おい、ろくにメンテナンスもしねえで動かしたろ。古い魔鉱石の燃え滓が焼き付いてやがる」

おじさんはボンネットをばたんと閉めた。工具箱に道具を戻して持ち上げる。

「こっちも工場まで運ぶしかねえな」

それだけ言うと、おじさんはぼくらの横を通ってさっさと戻ってしまった。

「工場まで運ぶしかないってさ」

「……聞こえてましたけど?」

「ならいいんだ」

背中に隠れたニトから睨まれつつ、取って返すようにヤカンに戻った。

それからもおじさんはテキパキと動いていて、ぼくらは見ていることしかできなかった。やったことと言えば、駅の構内に持ち込んだキャンプ道具をヤカンに積み直したくらいだろう。

おじさんは修理車から引いたワイヤーフックをヤカンの車体の下に取り付けた。修理車の運転席へはしごを使って乗り込むと、ドアを閉める前にぼくらを見た。

「なにをぼうっとしてんだ。早くそれに乗れ。出るぞ」

ぼくは言われた通りにヤカンの運転席に乗り込んで、助手席の荷物を後ろに片付ける。ニトはぽつんと立ったままである。

ぶおん、とけたたましい蒸気音が修理車から響いて、白い蒸気が噴(ふ)き上がった。

「早く乗って」

窓から顔を出して言う。ニトはぴんと背筋を伸ばして寄ってきて、幾度(いくど)か手を迷わせてから助手席のドアを開けた。

「……あの、お邪魔(じゃま)して、いいですか」

「もちろん。ほら、置いてかれちゃうよ」

修理車はマンモスみたいにゆっくりと動き出した。ニトが慌(あわ)てて助手席にお尻(しり)を滑(すべ)り込ませた。

「あ、わっ」

ワイヤーがぴんと張って、ヤカンがぐんと進み始める。

ニトが両手でドアを引いて閉めた。ぼくはハンドルを握(にぎ)り、方向だけを調整する。

おじさんの修理車はゆっくりとした速度で駅の横手に回って、ニトのオート三輪に横付けするように止まった。

どうするのかと二人で首を伸ばして見ていると、おじさんは修理車の荷台に上がって、台座から突き出たレバーに手をかけた。荷台のアームが蒸気を噴かしながら動き出した。それはまるで、ゲームセンターのクレーンゲームみたいだった。

アームをオート三輪の真上に動かすと、おじさんは荷台から降りて、アームから引き伸ばしたケーブルをオート三輪の四方に取り付けた。あっという間の手際だった。そうしてまた荷台に登りレバーを動かすと、オート三輪は軽々と持ち上がった。

「すごいなあ」

「……あれ、落ちないですか。不安です」

「大丈夫だよ。たぶんって言いましたよね？　たぶん？」

「たぶん？　たぶん。たぶん」

ニトははらはらと落ち着かない様子で、宙に浮いたオート三輪を見守っていた。

心配とは裏腹に、オート三輪はちっともふらつく様子もないままに、修理車の荷台にぴたりと積載（せきさい）される。おじさんはオート三輪を金具で固定すると、滑るように運転席に戻った。

ぼくはハンドルを握っていたけれど、街道に出るために曲がったときに調子を合わせただけで、あとはまっすぐで平坦（へいたん）な道になった。

ニトは助手席の窓ガラスに鼻を寄せて、ぐんぐんと遠くなる駅を見つめていた。

白い雲を浮かべる水上に駅舎がひっそりと佇んでいる。ぼくらが通ったあとに生まれた波紋も、駅までは届かずに消えていく。離れて見ればなんとも幻想的な景色だった。

「絵、描きたいな」

ぼそりと呟く声は独り言のようで、染み入るような響きがあった。初めて出会った駅のホームで、一心に絵を描いていたニトの横顔が思い出された。

引っ張られるだけのぼくらは止まることもできず、水上の駅はやがて蜃気楼のように遠くぼやけていった。完全に見えなくなったころ、ニトは窓から顔を離してシートに背を預けた。

整った容貌はつんと澄ました顔をしているが、わずかに下がった眉尻が心残りを語っていた。

「車が直ったら、また来たらいいんじゃない？」

ニトは「そうですね」と答えたが、それが言葉通りの意味でないことは分かった。説明しても理解してもらえないだろうとか、細部を言葉にするのが面倒くさいとか、話がややこしくなるとか。そういうときによく使う「そうですね」だった。

これは決して賛同の意味でも、了承の意味でもない。日本人らしい奥ゆかしい言葉なのである。現代っ子か。

前を走る修理車が唸りをあげた。車体の下から大量の蒸気が噴き出した。それは濃密な霧となってぼくらを包んだ。視界は真っ白になって、何も見えなくなった。どこに行くのかも、これからどうなるのかも、さっぱり分からないでいた。

It's time to say
goodbye, but I think
goodbyes are sad and
I'd much rather say hello
Hello to a new adventure

圏外
15:11
34%

‹MEMO

異世界人

どうも異世界人というのは宇宙人よりも身近な存在らしい。過去にも異世界人がいたという。それを誰もが一般常識みたいに知っているのだ。じゃあ帰る方法もあるんじゃないかと思うのだが、そういう詳しいことを知っている人は、たぶんもう見つからないんだろうなあ……。

See you later, Fantasy
World. We hope that
Tomorrow comes again.

第二幕「ヴァンダイク・ブラウンの蒸気工場」

1

「これはひどい。どうしてこうなるまで放っておいたんですか」

ぼくが言うと、おじさんは片眉を上げた。それだけじゃまだ足りないとばかりに、ふん、と鼻を鳴らした。

「おれぁ蒸気技師だ。料理人でもメイドでも主婦でもねえ。厨房のことは知らん」

「だからって、使い終わった皿くらいは片付けましょうよ」

「ああ。最近は廃材を皿代わりにしてる。食い終わったら捨てられるからな」

「……毎日、なにを食べてるんですか」

「あるモンをだ。食えりゃ何でもいい」

おじさんはさっさと部屋を出ていった。取り残されたぼくは、腰に手を当ててそれを前にした。

キッチン、である。いや、キッチンだった、だろうか。

流し台とコンロと作業スペースの痕跡はあるが、汚れた食器や空き缶、よく分からない金属の板なんかが山積みになっていて、とても使えたものではない。昼食を用意しようと思って申し出たのだけれど、早くも後悔した。

ため息を漏らし、部屋を見回すと、やけに頑丈そうな扉が目にとまった。取っ手を引くと、途端に冷気が漏れ出した。思わず喉から歓声が漏れた。

自家発電なのだろう。ちゃんと役目を果たしている冷蔵庫を見るのは久しぶりだった。

顔をつっこむと冷え切った空気が肌をぴりぴりとつついた。中はちょっとした小部屋ほども大きい。壁にも通路にも棚が作られていて、食料が整然と並んでいた。いくらか歯抜けになってはいるけれど、使い切れない、と表現できるくらいには量がある。

入ってすぐ右手にあった小さなレバースイッチを押し上げた。天井の照明が何度か点滅して、暖かな黄色い光で室内を照らした。

棚に並んだ食材を眺めていく。両手で抱えるほどもある瓶に入った色あざやかな野菜の酢漬け。山積みになった缶詰。穀物の袋。さまざまな調味料のボトル。乾燥したオリーブ。見ただけでは中身の分からない木箱もある。

奥までたどり着くとまた扉があった。革巻きのレバーを押し下げて開いて、息を呑んだ。

「嘘だろ……」

ぼくは手で口を覆った。

そんな、こんなことが、ありえるのだろうか。

信じられない。

「お肉が、こんなに……！」

そこは冷凍庫だった。切り分けられた塊肉がぎっしりと入っていた。この数ヶ月、缶詰の加工肉しか食べていない。そうか、お肉って、こんなに鮮やかな色をしていたのか。

ごくりと唾を飲み下した。

目にしてしまったことで、姿を隠していた衝動が湧き上がっていた。肉への渇望だった。

冷凍庫のドアを閉め、駆け出しそうになるのをこらえつつ、ぼくはキッチンから廊下を抜け、まっすぐに家の外に出た。

そこは広い倉庫の一角である。

見上げるような高さにこげ茶色の鉄骨が張り巡らされている。大型のクレーンがあって、あちこちにチェーンが吊り下がっていて、辺りには何台もの蒸気自動車が並んでいる。倉庫への出入口は飛行機工場みたいに巨大で、開け放たれているために外の景色がよく見えた。

ぼくらが連れてこられたこの場所こそが、おじさんの言う工場――蒸気工場だった。

ただ、いまはそんなことはどうでもよくて、ぼくはおじさんに駆け寄って声をかけた。ヤカンのボンネットの中を覗き込んでいたおじさんは面倒臭そうに顔を向けた。

「なんだ。忙しいんだよこっちは」

「冷凍庫の、あの、あれです、お肉」

「肉がなんだ」

「つ、使ってもいいですか」

おじさんは眉を寄せた。

「好きにしろ。そんなことで話しかけるんじゃねえ」

しっしっ、と手で追い払って、おじさんは作業に戻った。

邪険な扱いだけれど、ちっとも気にならない。なにしろ許可が下りたのだ。今日は、お肉だ。小さくガッツポーズを決めてぼくは踵を返した。

スキップをしながらキッチンに戻って最初にしたことは、もちろん片付けだった。

ゴミをまとめて麻袋に放り込み、汚れたお皿は洗う。水切り籠がいっぱいになれば皿を拭いて食器棚に戻し、また洗う。

幸いなのはコンロや流し台に料理汚れがないことだった。油や食材を壁や床にぶちまけてそのままだったりということもなくて、掃除だけやってしまえば調理に支障はなかった。分厚い木製のまな板を置いて、包丁を持つ。使い込まれて刃が磨り減ってはいるものの、丁寧に研がれていた。おじさんではないだろう。厨房のことは知らん、と言っていたし。汚れ物がなくなってキッチンがすっかり綺麗になると、かつてそこに流れていた空気までがおずおずと戻ってきたみたいだった。

横手には細長い窓があって、青染のレースのカーテンが掛かっている。窓を開けると風が吹き込んだ。カーテンのはためきに合わせて、床に注ぐ陽光が揺れた。窓からヤカンの修理に取り掛かるおじさんの姿が遠目に見えた。

ぼくはキッチンを振り返った。

壁に取り付けられた棚にはスパイスの入った小瓶が並んでいる。すべてに手書きのラベルが貼ってある。棚の横には鮮やかな布織りのタペストリーが飾ってある。色あせた本の切り抜きが貼り付けられている。

さっきまでは何の意味もない、ただの風景だった。今では、そこに面影を感じる。ここを使っていた人は、当たり前のように存在したのだ。おじさんの奥さんかもしれないし、お母さんかもしれないし、娘かもしれない。あるいはお父さんかもしれないし、息子かもしれない。

この場所に立つことで、ぼくはその人のことを少しだけ理解できた。

包丁を丁寧に扱う人だ。スパイスを見分けられるようにラベルを貼る人だ。冷蔵庫の中をきちんと整理する人だ。青色が好きだった人だ。それから、毎日、料理をしながらおじさんを見守っていた人だ。

ぼくは包丁とまな板を棚の中にしまって、キッチンを出た。

ヤカンに近づいていくと、おじさんがまた顔をしかめた。

「今度はなんだ」

「すみません。ちょっと調理道具を取りたくて」

「あぁ？　厨房にあるだろうが」

「使い慣れた道具が一番なんですよ」

おじさんは自分が持っていた工具に視線を落とし「そらぁ、間違いねえな」と頷いた。

とっさに口から出た言葉だったが、意図せずおじさんの理解を得られたらしかった。

ヤカンの後部座席から調理道具の入った木箱を取り出し、バックパックを背負う。寝床用の敷布も忘れずに。家の前まで戻ったら、荷物を下ろして布を広げた。あぐらをかいて荷物を漁る。

やっぱりこっちの方が落ち着くことは間違いない。食材だけは、頂くことにしよう。

2

絵を描くには場所選びが大事なのかもしれない。ただ、それにしたってもう少し選びようがあったんじゃないだろうか。

工場に着いてからいつの間にか姿が見えなくなっていたニトを、見上げるような場所で見つけた。工場の内壁沿いに延びる階段の、ほとんど一番上だった。小さな踊り場にイーゼルを立てて絵を描いている。ぼくは絶対に登りたくない。怖すぎる。

おおい、と声をかける。二度、三度と繰り返して、ようやくニトがぼくに気づいた様子を見せた。なにしろ高いので、表情まではははっきりしない。

お昼ご飯だよ、と声を張る。ニトが頷いた、気がした。たぶん。

今度はおじさんに声をかけに行くと、ヤカンが見るも無残な有様になっていた。チェーンや管が車体の前後から伸びているし、開け放たれたボンネットの上には取り外されたエンジンがクレーンで吊られている。周りには部品が並べられていて、もしかしてこのままばらばらにされるんじゃないかと不安になった。

いや、いや。と首を振る。大丈夫。おじさんはプロだ。きっとすぐに元どおりさ。

「ああ？　メシ？　置いとけ。そのうち食う」

食事が用意できたことを伝えると、気のない返事が戻ってきた。食にこだわりがないのか、仕事優先なのか。どっちもだろうか。

無理強いもできないのでそのまま家に向かう。敷布に座って待っていると、やがてニトが戻ってきた。

「絵は完成した？」

「いえ、まだです。乾かしてます」

「乾かす？」

「水彩なので」

どうやら水彩絵の具は乾かす工程がいるらしい。小学校の授業で使った気もするが、あまり記憶は定かではない。

敷布の上、つまりぼくの隣を勧めたけれど、ニトはかぶりを振って、ぼくの斜め向かいに足を抱えるようにしてしゃがんだ。

「わ、すごい」

バゲットサンドが山になっている皿を見下ろして、ニトが目を丸くした。

「おじさんが食料は好きに使えって言ってくれたんだ」

「……あとで、お礼を、言います」

ニトが困難な任務に挑むスパイみたいな顔をしながら、バゲットサンドをひとつ取った。

「……っ!?」

ニトが目を丸くした。そして慌てた様子でぼくを見た。挟んであるものに気づいたのだろう。

ぼくはにやりと笑って見せた。

「そうだよ、お肉だ」

「あ、赤い、です」

「これは缶詰じゃない。ちゃんとした、お肉だ」

「ぶ、分厚い、です」

「ステーキサイズに切り出して、焼いたんだ」

「それを、パンで……!?」

「これがサンドイッチの王様……あまりに勿体なくて、ぼくもやるのは初めてだった。人はこれを、ステーキサンドと呼ぶ」

パンからはみ出るほどの分厚いステーキである。それパンいるの？　と思わず言ってしまうくらいに贅沢な食べ方だ。

ニトはごくりと唾を飲み、ステーキサンドを見つめた。パンの下から赤みの残る肉汁がぽたりとあふれた。いただきますと呟いて、かぶりつく。

「ん……ん？　ん⁉」

んの三段活用は初めて聞いた。器用な子だなと感心する。

ニトは頰を膨らませながら、顔をくしゃりとさせた。それはこれまでにないほどの笑顔だった。

「んーっ！」

忙しなく飲み込むと、はあ、と艶っぽい吐息をつく。

「缶詰じゃないお肉って、こんなに美味しいんですね……驚きです」

「肉はね、大事だよね」

「大事です」

なにが大事なのかは、ぼくもニトも分かっていないけれど、ふたりして頷きあった。ぼくらは感覚で会話をしていた。

「この甘酸っぱいタレは何ですか？」

「焼いたときに出た肉汁に、たまねぎの酢漬けと、赤ワインと、バターを混ぜたんだ」

「もしかして天才ですか？」

「苦しゅうない」

ニトはひと口かじるたびに幸せそうな笑みを浮かべた。これでもかと食を楽しんでいる。

ぼくだってもちろん食べている。間違いなく美味しい。けれど、ニトの表情を見ていると、もしかして彼女が食べているサンドイッチの方が特別に美味しいのかもと思った。そんなはずはないのだけれど。

「ニトは天才かもしれないな……」

「なにがですか？」

食事を美味しく食べることにも、才能というのはあるのかもしれない。

小さな身体にたっぷりとサンドイッチを詰めて、ニトは満足そうにお腹を撫でた。

さきほどまでの柔らかな表情は姿を隠し、すっかり澄ました顔になっていた。あの顔をまた見るためには美味しい料理を食べさせるしかないようだ。

ふとおじさんを見ると、こちらに来る様子もなく、汗をぬぐいながら作業を続けている。

ぼくはお皿を持って立ち上がり、おじさんのところへ運んで行った。

「お昼ですよ」

「ああ、そこに置いといてくれ、ラディ。こいつを片付けたら食っちまう」

おじさんは、はっとしたように顔を上げると、自分の言葉に苛立ちをぶつけるみたいに舌打ちをした。

「悪いな。何でもねえ」

ぼくは手近な台の空いたスペースにお皿を置いた。

「そういえば自己紹介もまでしたよね。ぼくは恵介です。あっちの女の子はニトです。遅れましたけど、助けてくださってありがとうございます」

「助けたつもりはねえさ。これが仕事だ」

「あの、お名前を聞いても？」

あぁ？　とおじさんがぼくを訝しげに睨んだ。

「名前なんざそこらへんに書いてあんだろうが」

「読めないんです。この世界の人間じゃないので」

「なんだお前、迷い人か」

「迷い人とも呼ぶんですか？」

「実際、迷ってんだろ」

「……たしかに」

迷子みたいな呼び方は不本意なのだけれど、実態はその通りだから苦笑いしかでない。

帰り道も、帰る方法も分からないのである。

「残念だったな。がらんどうのこんな世界じゃ面白くも何ともねえだろ。昔はごみ溜めみたいに賑わってたんだが」

ばきっ、と明らかに金属をへし折る音が響いた。

「……あの、直りますか？」

「直りますかだって？」

おじさんがぼくに顔を向けた。

「そら直せるさ。それがおれの仕事だ。けどな、部品がないんじゃどうしようもねえこともある。それを今、確かめてんだよ」

それより、とおじさんが言う。

「修理代、用意しとけよ。こいつは高くつくぞ」

「修理代？」

「まさかおれがただの人助けでやってると思ってたのか？」

何かをもらえば、対価を払う。まったく当たり前のことだった。そんなことを忘れていた自分に、ぼくは驚いたのだ。

「いえ、もちろん分かってます」

「ならいい」

いつの間にか、ずいぶんとこの世界で呆（ほう）けていたらしい。お金のやりとりなんてまったくしていなかったものだから。

おじさんはまた作業に戻（もど）った。ぼくは支払いをどうしようかと考えながら踵（きびす）を返した。

「ヴァンダイクだ」

「え？」

振（ふ）り返る。おじさんはこちらを見てもいない。

「おれの名前だ」

さっきのぼくの質問を覚えていてくれたらしい。ぶっきらぼうでいて、それでもどこか優しさのある振る舞（ま）いに、自（おの）ずと笑みが浮かんだ。

「修理、よろしくお願いします、ヴァンダイクさん」

「おう」

この人に任せておけば大丈夫（だいじょうぶ）だと、いまそう思えた。

3

ろくに電気もない時代の人たちは、毎日をどう過ごしていたのだろう。あまりに暇（ひま）すぎる。

娯楽がない。

ぼくは家の前で寝転んでスマホを眺めている。ゲームを起動するけれど、タイトル画面から先には進めない。当たり前のことだけれど。

スマホがあっても、ネットに接続できなければあまり役には立たない。バックパックの上に放り、腕時計も外して置いて、敷布に寝転んだ。

ニトは変わらず、階段の上で絵を描いていた。ヴァンダイクさんは修理で忙しそうだ。ぼくだけが動物園のパンダのように怠惰に過ごしている。周りから持て囃されるぶん、ぼくよりもパンダの方が存在価値があるかもしれない。

まどろんでいた意識がふっと覚めると、工場の出入口から見える外の世界は夕方にかかっていて、空の色合いにも赤みが混じりつつあった。うたた寝をしていたようだ。

ああ、そろそろ夕食の準備でも始めようかと考える。

山ほどの食材と、すばらしい肉の塊がある。それを好きに使って良いと許可をもらっている。どんな料理でもできる。この世界の状況で、こんなことは滅多にない。

ただ、ぼくにはそれを活用できる自信がなかった。

見たこともない異世界の食材も、調味料も、味見をすればだいたいは分かる。あれに似ている、これに似ている、というのはあるものだ。「なんだこりゃ」というものは、下手に使わずに置いておけば良い。

ぼくはそもそも料理人というわけではない。

両親はほとんど家を空けていて、食事は自分で用意するしかなくて、そうして身につけた技術は、最低限のことをこなせる程度のものでしかない。スマホでレシピを検索して、書かれたことを実行できるだけだ。

だから、よく分からないのだ。まともな料理が。缶詰同士を混ぜて適当に調味料を入れるのは、料理とは呼ばないだろう。肉を焼いてパンに挟むのも、ちょっと違う。

「晩ご飯、どうしようかな……」

そもそも何でぼくが料理役になっているんだろう。

ニト……は、料理ができないみたいだし、ヴァンダイクさん……は、食に興味がないみたいだし。あ、だめだ。ぼくがやらないと、まともな食事になりそうにない。

仕方ないと身体を起こして、その勢いのまま立ち上がった。

暇だから、料理をしよう。

さっそく冷蔵室に入って食材に見当をつけていく。

せっかくの機会なので、味見ができそうなものはさせてもらう。オリーブの漬物とか、乾燥した小さな赤い実とか。棚にはぎっしりと食材があって、そうしてひとつひとつをたしかめているとずいぶんと時間が潰れていたらしい。

使えそうなものを抱えて外に出ると、ニトがバックパックの前にしゃがんでスケッチブックに鉛筆をはしらせていた。スマホと腕時計をモデルにしていたようだ。戻ってきたぼくに気づくと、ニトはあわててスケッチブックを閉じた。

「べつにいいのに」

「いえ、大丈夫です。ごめんなさい」

敷布に食材を置くと、ニトは目を丸くした。

「すごい、こんなに」

「まだまだあるよ。宝の山」

「……本当に使ってもいいんですよね？　勝手に盗んでませんよね？」

「ぼくのこと疑いすぎじゃない？」

敷布の端に腰を下ろして、バックパックからキャンプ用の小さなまな板とナイフを取り出した。

食材を刻んでいると、ニトがじっとぼくの手元を見る。

「キッチンは使わないんですか？」

「ああ、中は、ね。ちょっと使えなくて」

「使うなって言われました？」

「いや、好きに使えって言われたけど」

ニトは小首を傾げた。夕日色の差した銀色の髪が肩から流れ落ちた。不思議な色合いに目を向けながら、ぼくは頬をかいた。

「ずっと大事に使ってたんだなって分かるからさ。部外者のぼくが入って、我が物顔はできないなあと思って」

ニトはきょとんとぼくを見返した。

「でも」

その先に続く言葉は、言わずとも分かった。

でも、もういないのに。

「でも、そこには思い出が残ってるでしょ？　ぼくが使って、それが薄まったら嫌だなって。なんだろ、うまく言えないんだけど。申し訳ないから」

説明するのは難しかった。ヴァンダイクさんが良いと言ってるんだから、ぼくが使うことに問題はない。

そこに家族の思い出であるとか、面影とか、そういう感傷を見つけているのはぼくだけかもしれない。ただ、キッチンに立っているべきなのが、ぼくでないことは明白だった。それだけのことだった。

きっとわけの分からないことを言っていると思われるだろうな。ぼくだって自分でそう思うのだから。

「素敵な、考え方だと思います」

顔をあげると、ニトがやけに大人びた表情でぼくを見ていた。深い蒼色の瞳の中に柔らかい光があった。視線が照れくさくて、ぼくは食材を切ることに専念した。

「……晩ご飯、何ですか？」

ぼくの手元をじいっと見つめながらニトが言う。

「ピーマンの肉詰め」

「ぴーまん……？　なんですか、ぴーまんって。あの、黙ってニヤついてないで教えてください。ちょっと、もしもし」

4

野菜をみじん切りにして、肉を叩いてミンチにして、半分に割ったピーマンらしきものに詰める。甘辛いソースのような調味料があったので、砂糖とワインを入れて味わいを深くして、肉詰めに絡ませながら焼く。

手順はそれだけ。あとはたまねぎとミンチ肉を混ぜて団子にしたスープ。冷凍野菜を解凍したサラダ。主食には焼いたパンという夕食になった。今までの缶詰生活とは雲泥のご馳走だ。

「……」

ニトは肉詰めをひとくち食べたきり愕然とした顔をしている。まばたきもしない。無心にもぐもぐと噛みしめている。飲み込んで、ぼくをひしと見つめた。

「絵が描きたいです」

「いやそれはどういうことだよ」

なんだってこのタイミングで食事と絵が繋がるのか、さっぱり分からない。

「忘れないように、このおいしさを絵に描いておきたいんです」

「表現が過剰じゃない？　嬉しいけどさ」

ニトはそわそわと身体を揺すった。絵を描きたい、でも食べたい、でも描きたい。葛藤が目に見えて分かった。

「冷めるよ」

「！」

くしゃっと眉を寄せて、それは許せないと厳しい顔をして、ニトは再び食事に取り掛かった。そんなに険しい顔でご飯を食べる人を、ぼくは初めて見た。

ニトはスープを飲み、肉だんごを小さな口で噛んで目を細めた。身体が左右に揺れている。ご機嫌らしい。

外はもう日が暮れていた。天井に並んだいくつもの照明が工場内を照らしている。端の方までは光が届かないために、黙り込んだ何台もの蒸気自動車にかかる影が表情を作っていた。積み上げられた廃品や暗闇に高く延びる階段も相まって、秘密基地で食事をしているみたいだった。

ぼくは敷布に座っていて、ニトはいつものようにしゃがんでいる。そしてヴァンダイクさんはどっしりと床に座って、無言のままにばくばくと肉詰めを口に放り込んでいた。ヴァンダイクさんの分は特別に山盛りにしていたのに、あっという間になくなっていく。

「あの、お口に合いませんでした？」

「あぁ？」

表情ひとつ変わらないので、おずおずと訊いてみた。

ヴァンダイクさんは自分が食事をしていたことをたったいま思い出したかのように、フオークに突き刺した肉詰めを見た。

「普通じゃねえか？　不味くはねえよ」

「おいしい、です」

鋭い声が差し込まれて、ぼくは驚いてニトを見た。

唇を尖らせてヴァンダイクさんを睨んでいた。

ぼくとヴァンダイクさんに見つめられ、ニトは白い頬をかすかに染めて、ふいっと視線を床に落とした。ヴァンダイクさんが笑い声をあげた。

「そうだな、嬢ちゃんは美味かったんだな。おれは飯に興味がなくてよ。味の良し悪しが分からねえんだ。いつもこうだから、作りがいがねえってよく怒られたっけな」

わりぃ、わりぃ、と言いながら、ヴァンダイクさんはまた肉詰めを口に押し込んだ。

ニトは「いえ、べつに」と呟く。

彼女はヴァンダイクさんを苦手に思っている。きっとこういう人と間近に触れ合うことがなかったために、対応の仕方が分からなくて困っているのだろう。なのにその人に向かって、ぼくの料理をかばうために声をあげてくれたことが嬉しかった。

ニトと視線があうと、赤い頬のままに、きっ、と睨めつけられた。今度ばかりは、ああ照れ隠しだなとすぐにわかった。

ヴァンダイクさんは一番に食べ終えた。お皿はからっぽで、それを見てぼくはにんまりした。

次にぼくが食べ終えて、ニトが慌てたように最後のひと口で頬をいっぱいにして、一生懸命に噛みしめている。

スベアで沸かしたお湯をポットに注ぐ。中には茶葉が入れてある。白地に草木の模様が描かれた陶器のポットも、茶葉も、いま使い終えた食器も、ヴァンダイクさんの家から拝借したものだった。

蓋をして何分か待って、三つのカップに中身を移した。濃い茶色をしている。それが紅茶なのか烏龍茶なのかは、飲んでみないとぼくにも分からない。

ヴァンダイクさんに差し出すと、彼は穏やかな目でそれを見て、片手で受け取った。

ニトは手の皮が薄そうだから床に置いた。ようやく口の中のものを飲み込んだニトが、両手でカップを持とうと指を伸ばして、驚いたハムスターみたいに手を引っ込めた。熱かったらしい。そのまま警戒するようにカップを睨んでいる。

その様子を微笑ましく見ながら、ぼくはカップに息を吹きかけて、そっと啜る。顔を顰めてしまうほどの熱さだが、口の中がさっぱりする爽やかな味が広がった。鼻まで通る甘い香りがした。ハーブティーだったらしい。食後にはぴったりだ。

しばらくして、ヴァンダイクさんが切り出した。

「お前ぇらの車だがな」

「あ、はい」

ぼくもニトもカップを置いて、姿勢を正した。

「まず嬢ちゃんのオート三輪だが、あれはダメだ。どうにもならん」

「えっ」

ニトが言葉を投げた。それは目の前でぽとんと落ちた。

「燃料室は魔鉱石が溶けて完全に固着してやがる。しばらく動かしてなかったな？　ついでに言や、中に入ってたのは生活用の魔鉱石だ。蒸気自動車の燃料用じゃない」

ニトが目を丸くした。ヴァンダイクさんの言葉を理解して、視線を落として唇を噛んだ。

「あの、それって違うんですか？」

ぼくが訊く。

「根っこは一緒だ。質が違う。生活用の魔鉱石は質の悪いモンを加工してある。蒸気自動車の燃料用は純度が高い。まあ、質は悪くてもボイラーで水を沸かすくらいはできるんだが、二つ混ぜて使うのは具合が悪い。魔力膨張率も熱吸収率も違うからな。燃料室内で場所ごとに圧と温度が変わるし、ボイラー内の煙管を通る蒸気にも魔力の圧の違いで波ができる」

　なるほど。さっぱり分からない。

　ぼくの表情を見て取ったらしく、ヴァンダイクさんは唇を曲げた。

「……とにかくだ、燃料室も、ボイラー内の煙管も、手の施しようがねえってことだ」

「交換、とか」

「そうしてえところだがな。替えがねえ」とヴァンダイクさんは腕を組んだ。「あのオート三輪は最新の小型蒸気自動車だ。首都でも生産が始まったばかりだった。こっちまで普及する前に世界がこうなっちまったからな、おれだって見たのは初めてだよ。使われてる部品はほとんどが新規格だ。他の蒸気自動車から取ってきてつっこむわけにはいかねえ」

　今度はよく分かった。新しすぎて交換部品が出回っていないのだ。すごいな、オート三輪。

　ニトは抱えた膝の間に口元を押し込んで、じっと視線を落としたままだった。どう言葉をかけて良いか、分からなかった。

「坊主の車は、なんとかなる」

　とヴァンダイクさんが言う。ぼくは顔を戻した。

「あれも新しいが、部品規格は特別じゃない。だいたいはそこらへんの廃車から集めたやつで間に合う。ただな」と、おじさんが顎を撫でた。「ボイラーとシリンダーを繋ぐ配管だけ、ない」

「そこだけないんですか？」

「前にシリンダーがいかれて、丸ごと取り替えたんだろう。規格がずれてる。なんとまあ、器用に繋いであったよ。いい腕だ」

この車をぼくにくれた人の、その得意げな顔が浮かんだ。あの人はよくヤカンをいじっていた。メカニックごっこでもしているのかと思っていたら、ヴァンダイクさんが褒めるほどだったらしい。

「普通ならボイラーかシリンダーのどっちかを積み替えるんだが、あちこちに手が入っていて継ぎ接ぎだらけだ。どっちを替えるにしろ、相当な部品を組み直して調整し直さなきゃならん。手間と時間と金がかかる」

「うっ」

金、という言葉が胸を重くした。その問題とも向き合わねばならない。

けれど、ぼくは少しの希望を持ってヴァンダイクさんを見た。

「他に何か手があるってことですよね？　それしか方法がないなら最初からそう言うはずですし」

「嬢ちゃんのオート三輪の部品をバラせば、間に合う」

えっ、と、ニトが声をあげた。

「運良く新規格の部品が坊主の車にぴたりと合う。必要な接管は生きてる。これを使うなら、すぐに直せる」

ニトが顔を向けた。ぼくらは何も言わず、お互いに困った視線を交わし、無言を譲り合った。

「どうするかはお前らで考えろ。今日は泊まっていけ。部屋は好きに使っていい」

ヴァンダイクさんは立ち上がって家の中に入っていった。

5

工場の灯りはさきほど消えて、わずかばかりの月明かりが窓から差し込んでいる。部屋の中はさらに暗くて、壁にかけられた魔鉱石のランタンが揺らめいていた。

室内灯をつけることにヴァンダイクさんが文句を言うことはないだろう。それでも遠慮してしまう気持ちがあって、手元だけを照らしている。

洗い終えて水切り籠に並んだ食器を拭きながら、どうしたものかなと考えていた。車のことだ。

修理費がかかるのは当然の理屈だ。人がほとんどいないこの世界で、直してもらえるというだけで幸運だ。問題なのは、ぼくがほとんどお金を持っていないことである。

ニトはどうするのだろう。

オート三輪の修理は無理だと言われていた。となれば、新しく蒸気自動車を買うのだろうか。廃車はたくさんあったし、部品も山になっている。ヴァンダイクさんなら軽々と一台くらい用意してくれそうだ。

拭き終えた食器を棚に戻していく。光がぼくの身体で遮られて、食器棚には影絵のように映る。ふと、一番下の棚の端に手帳が立てかけられているのに気づいた。興味のままに手にとってみる。

ぼくの手よりも少し大きくて、分厚く、しっとりとした革の手触りだった。ぱらぱらとめくると、そこには文字と数字が色付けされて丁寧に書きつけられている。

「レシピ帳？」

ぼくは文字を読めないが、絵を見ればどんな料理かは分かる。肉料理が多い。魚料理は少しだけ。時折、ページの隅が折られていたり、料理名を消すように線が引かれていたり、メモが斜めに走り書きされていたりする。

昼間、ヴァンダイクさんにステーキサンドを持っていったとき、ぼくのことをラディと呼んでいた。きっとそのラディさんが書いたものだろう。ヴァンダイクさんのために、こうしてレシピを書き留めていたに違いない。

ふと、振り返った。

ランタンだけの灯りが影をはっきりさせるキッチンに、見たこともない誰かの気配がある気がした。手張を閉じて、棚にそっと戻した。

「……あの」

声に振り向くと、暗闇に沈んだ通路からニトが顔をのぞかせていた。灰色の髪が床に向けて長く垂れている。

「ああ、どうしたの？」

ニトは家の一室を借りてもう寝たものと思っていた。腕時計を見れば、すでに夜の九時を回っていた。

「何をしているのかと思って」

「後片付け。いま終わったとこ」

そうですか、と言いながら、ニトは部屋に入ってきた。初めて会ったときと同じくらいの距離で立ち止まる。

いくらかの間を置いてからニトが切り出した。

「どうするつもり、ですか？　車のこと」

「良い質問だね。ちょうど今、考えてたんだ」

「結論は……？」

ぼくは両手を挙げた。

「お金がなくて。物で支払えないか訊いてみようかな」

と言っても、価値のありそうなものといえば腕時計とスマホと、バックパックに詰めたキャンプ用品くらいだ。ぼくにとっては大事なものばかりだった。手放したくはないが、背に腹はかえられない。

「ニトはどうするの？」

訊くと、ニトは首を振った。

「わたしの車は直らないって言われましたから」

「他の車を買ったら？　いっぱいあるから、一台くらい動けるようにしてくれると思うけど」

言うと、ニトは「あっ」と小さく声を漏らした。思い当たっていなかったらしい。

「そっか、他の車を……」

「ニトの方は何とかなりそうだね。よかった」

口ぶりからするとお金はあるらしい。なら大丈夫だろう。

ニトはぼくを見上げて、躊躇うように口を開いた。

「あなたは、どこに向かっているんですか？」

「難しいことを訊くなあ」

どこに？　どこなんだろう。それはぼくも知りたいところだ。

どこかに行きたくて、というよりも、そこに居たくないからバックパックを背負ったのだ。どのみち、ニトには関わりのないことだし、訊いているのはこれからのことだと分かっていた。

だからぼくは取ってつけたようにその理由を話した。

「人を探してるんだ。髪から服まで真っ黒な大きい人なんだけど。見たことある？」

「いえ……」

ニトは首を振った。それは想定していた反応で、落胆することもない。

「あてもないからね、適当に走って、街があったら寄って、人がいたら訊いて。ずっとそんな感じ」

「……旅、ですね」

迷子がさまよっているだけと言ったほうが正しい気がした。

「きみは？」

「わたしは」とニトが言う。「ある場所を、探しているんです。どうしてもそこに行きたくて」

「遠いの？」

「分かりません。たぶん、近くはないです」

「曖昧だね」

「はい。地図で探しても載っていなくて」

それはまた大変そうだった。それでも、きっと大事な探し物なんだろうなと思った。この歳の女の子が、滅びた世界で、ひとりで旅に出たのだ。強い思いがないと踏ん切りはつかなかっただろう。

そこで、夜の端っこから忍び込んできた沈黙がぼくらの間に割り込んだ。会話のとっかかりをなくして、ぼくらは互いに立ち尽くした。ニトが言葉を探して、視線を彷徨わせているのが分かった。

ランタンの灯りが揺らめいて、床に伸びるニトの影が表情を変えた。

「わたしと、取引、しませんか」

「取引？」

ニトは明らかに緊張していた。なんども唇を迷わせてから、ようやく言葉を決めた。

「わたしのオート三輪の部品があれば、あなたの車は直るんですよね？　修理代金も、わたしが立て替えます」

「ありがたい話だ。でも、ぼくは返せるものが何もないんだけど」

「わたしの探し物を、手伝ってください」

「どうやって？　ぼくはこの世界のことなんてろくに知らないんだ。まだ地図帳の方が頼りになるでしょ」

ニトは首を振った。そうじゃなくて、と前置きをして、

「わたしは、旅に出て、まだちょっとしか経っていないんです。それだけでも、家の外で生きていくのはすごく難しいってことが分かりました。本を読んで知識はあります。でも、それだけじゃだめなんだって」

初めて会った日の夜に、ニトが缶詰を取り出したことを思い出した。あれが食事だ、と言っていた。たしかにあの食生活じゃ長くは続かないだろう。

「オート三輪も、わたしが魔鉱石を間違えたせいでこうなってしまいました。普通の蒸気

自動車はたくさん水の補給をしないといけないし、操作もややこしいし……正直、ひとりではまともに運転できないと思います」

だから、とニトがぼくをまっすぐに見上げた。

「あなたが探し物を見つけるまでとか、お金を返すまでとか、そういう区切りでいいです。その間に、わたしに、旅の仕方を教えてください」

最後には甲高く裏返った声で言い切って、ニトは唇を引き結んだ。

肩がかすかに弾んでいた。出会ってまだ間もないぼくにその頼みごとをするのに、どれほどの勇気が要ったのか、想像するのは難しくない。

そうまでして、ニトはその場所を探したいのだろう。思いの熱の高まりが、ぼくには眩しかった。

昔のことを思い出した。いや、あんまり昔でもないか。

この世界に来て、黒ずくめの男の人に助けられて、ヤカンの持ち主だったあの人に預けられた。しばらく経って、ぼくも同じように頼んだ。あの男の人を探すために、旅の仕方を教えてほしい、と。

あのとき、ぼくは今のニトと同じような目をしていたのかもしれない。

必死で、目標があって、そのためならどんな苦難も何とかしてやろうと思う、まっすぐな気持ちだ。

ぼくの言葉に、あの人はなんて答えてくれたっけかな。ああ、そうだ。

「条件がある」

「は、はいっ」

「ぼくは、あなた、じゃない。恵介だ。一緒に旅をするなら、名前はちゃんと呼んでもらえる？」

ニトは張り詰めていた表情を和らげた。ほっと息を吐きだした。

「はい。よろしくお願いします、ケースケ」

呼び捨てとは思わなかった。くんとか、さんとか……いや、いいか。なにしろ、ぼくはニトに借金をすることになるわけだし。

「とりあえず、よろしくね」

手を差し出した。

ニトはそれを見て、おずおずと手を伸ばした。ひんやりとした小さな手が、ぼくの手を握り返した。ぎこちない握手だった。

6

朝食を食べ終えてから、昨夜、話し合って決めたことを話すと、ヴァンダイクさんは「そうか」とひとつ頷(うなず)いただけだった。

「手間がなくて済むな。それなら昼には片付くだろう」

「あと、お願いがあるんですけど」

「なんだ。高圧チャージャーでも載せるか？」

なんだろう、高圧チャージャーって。強そうだな。いやそうじゃなくて。

「ニトのオート三輪を、ぼくの車の後ろにくっつけてほしいんです。連結というか、牽引(けんいん)というか」

「持って行くのか」

「はい。ニトの荷物を載せる空きもないので、とりあえず。出来ますか？」

「誰に言ってんだ。だがな、運転が難しくなるぞ」

「……頑張ります」

ヴァンダイクさんは頷いてヤカンに向かった。

工場内には朝日が差し込んで、すっかり明るくなっている。これで、とりあえずの目処は立ったというわけだ。ようやく肩の荷が下りた気がした。

昼には出来上がるということだから、荷物を片付けておかねばならない。

家に戻ると水音がした。覗いてみると、朝食に使った食器をニトが洗っていた。流し台が少し高いようで、やりづらそうに見える。

歩み寄って、食器棚の前で立ち止まった。

「お皿、拭こうか？」

「大丈夫です」

そう言われてしまうと、無視して手を出すわけにもいかない。ぼくは手持ち無沙汰に立ち尽くした。ニトの背をじいっと見ているのも悪く思えて、持て余した視線と時間を寄せられるものを探した。棚の下段に立てかけた、昨夜のレシピ帳を取った。

ぱらぱらとめくる。ああ、文字が読めたらな。この世界の食材を使って、この世界の料理を作ることができるのに。

「なにを見ているんですか？」

顔をあげると、布で皿を拭きながら、ニトが首を傾げていた。

ぼくは手帳を開いたまま、くるりと手を回してニトに見せた。レシピだよ、と伝える前に、ニトが不思議そうに言った。

「特別な日に？」

「うん？」

「はい？」

ぼくとニトは顔を見合わせて、ちぐはぐなキャッチボールをした。どっちも正しく投げたつもりでいて、受け取り損ねていた。

「特別な日にって？」

ぼくが訊くと、ニトは「あっ」と声をあげた。

「文字、読めないんですね。すみません。そこに書いてあるんです、右隅の、丸く囲んである文字です」

言われてもう一度手帳を見ると、たしかに走り書きがあった。レシピのほとんどが読みやすく丁寧な字で書かれているのに、それだけが筆記体のように荒っぽい。

「特別な日に？」

どういう意味だろう。添えられたイラストを見ても、特別な料理のようには見えない。派手でもないし、豪勢でもない。

ニトがお皿を持ったまま近寄ってきた。

「メルタイユ……たしか、マリット地方で有名な家庭料理です。小説にもよく出てくる定番料理ですよ」

「特別な日に食べるものなの？」

「いえ、日常的に食べられていると思いますけど……」

言いながら、ニトは顔を寄せるようにして手帳を見た。

「メルタイユは家庭ごとに味付けが違うって読んだことがあります。その家の歴史と思い出が詰まっているんだって。だから特別、なのかもしれません」

なるほど、とぼくは頷く。

そうか、特別な日に、か。

意味がわかっても読めるわけではない。曲がりくねった線の羅列が、意味をもつ塊に変化しただけだ。ただ、この荒っぽい文字を書いたときの感情が、ありありと伝わってくるような気がした。

それはただの思いつきだった。誰かに言い訳をするみたいに並べる言葉はない。ふと口から出ただけだ。

「ねえ、レシピを教えてくれる？」

「作るんですか？」

「お昼ご飯にしようかと思って」

「それは構いませんけど」ちらりと目線を落として、ニトが言う。「これ、オーブンを使いますよ」

キッチンを使うのが申し訳ないと言ったぼくに配慮してくれたらしい。

そうか、それは困ったな、と腕を組んだ。

そのとき、ざあっと風が吹き込んだ。

青いカーテンが風をはらんで大きく膨れ上がった。窓から外の光景が見えた。車にかかりきりのヴァンダイクさんがいる。ちょうど陽に照らされていて、そこだけがまるで輝いている。風は止んで、カーテンはまた窓を隠した。その一瞬は何事もなかったように過ぎた。

「……どうしました?」

ニトが訝しげにぼくを見ていた。

「いまの」と言いかけて、気を改めた。「いや、何でもない。いいんだ。最後だから、キッチンを借りよう」

「はあ。ケースケがそう言うなら」

釈然としない表情を向けられるが、ぼくはそれを上手く説明できそうになかった。説明したとしても、理解もされないだろう。

使っても良いと、許しをもらったような気がした、なんて、霊的な物言いだし。

「とりあえず、必要な食材と調味料を教えてくれる？」

ニトを連れて冷蔵室に入った。ニトは手帳を見ながら、これがレッソで、こっちがキャリンで、と丁寧に教えてくれたけれど、覚えられる気はしなかった。それに、ニトが示すのはどれも缶詰だったのだ。

「……材料って、缶詰なの？」

「これは調理用の食材缶です。長期間保存できるように密閉されてるんです」

「それって、便利かな？」

開けてすぐ食べられるのが缶詰の良いところじゃないだろうか。

「魔力飽和による世界の崩壊がやってくると知られてから作られたそうです。地下や山の上に物資を集めて閉じこもる人たちが買い求めたとか。調理済みの缶詰は味が悪いので」

たしかにとぼくは頷いた。控えめに言っても、手を加えないと食べられたもんじゃない。それを考えると、食材だけを缶詰にして、あとは自分で作るというのは合理的なのかもしれない。

ニトに言われるがままに缶詰を抱えて外にでて、それをキッチンの作業台に広げた。今度は調味料を揃えて、準備はできた。

「それで、まずはどうしたらいいかな」

「オーブンを予熱するそうです」

「よし」

と、コンロの下に備え付けられたオーブンを開けたはいいものの、この世界のコンロの使い方が分からない。

じっと睨んでいたら、横合いからニトの手が伸びて、扉の横にあった小さなレバーを何度か上下させた。オーブンの中から圧縮された空気が送られるような音がした。レバーを最後まで押し下げると小さな爆発音がして、オーブンの中からじわじわと熱気が漏れてくる。

「燃料はまだあるみたいですね」

「……ありがとう」

「どういたしまして。次は食材を切りましょう」

オーブンの扉を閉じて、缶詰を取った。蓋をあけると中には太くて丸っこいキュウリが三本、入っていた。取り出してみると多少しんなりはしているけれど、新鮮な野菜だった。

「すごいな。これが缶詰か」

「缶に魔鉱石の粉末を混ぜ込んでいるので、魔力反応で完全に密閉ができるんだとか」

「お前、スーパー缶詰なのか……」

「どういう意味ですか、それ」

「何でもない」

缶詰を全てあけて、ニトの言う通りに食材を輪切りにしていく。

「切り終えたら炒めるそうです」

「はい、先生」

「わたしは先生じゃありません」

フライパンをコンロに置いてオイルを垂らした。点火の仕方も分からなかったので身体をどけると、ニトが無言でやってくれた。

しばらく炒めていると、水分がでるにつれて野菜もしんなりと柔らかくなる。

「次はこれを加えてください」

と手渡されたのは、味見をした限りではお酢と白ワインに近いものだ。

「混ぜ合わせたら耐熱容器に敷いてください」

食器棚を探すと、上段に黒くて分厚い鉄皿があった。蓋と、こぢんまりとした取っ手もついている。スキレットみたいなものだろう。

こびりつきを防ぐためにオイルを引いて、しんなりとした野菜炒めを広げた。

「その上に、輪切りにした野菜を重ねて並べるみたいです」

「野菜炒めの上に野菜なんだね」

「さっきの野菜炒めはピペラードというそうですよ。ソース代わりなんだとか」

「その発想は初めてだ」

輪切りにした野菜は四種類ほどあって、きゅうりやナスやトマトに大根みたいなものだ。それをランダムに重ねて、皿の中に斜めに並べていく。外周に沿うようにぐるりと円を描いて、真ん中まで敷き詰めた。

「そしたら?」

「ハーブと塩と油をかけて、蓋をして焼きます」

味付けは基本、ハーブと塩だけの素朴なものらしい。野菜の甘味を引き出す料理なのだろう。

オーブンを開くと、途端に熱い空気があふれ出た。蓋をしたスキレットを中に入れて、扉を閉じる。

「ふう……どれくらい？」

「一時間じっくりとコンフィするそうです」

「コンフィ？」

「コンフィです」

「……どういう意味？」

「……さあ」

それは知らないんかい。

ぼくらはお互いに顔を見合わせて、やりきった笑みを交わした。ふたりで協力して料理を作ることは、関係を深める上では効果があったらしい。

どれくらいの期間になるかは分からないけれど、ぼくらは一緒に旅をするのだ。仲が悪いよりはずっと喜ばしい。

「美味しいものが出来るといいですね」

とニトが言った。

「出来るに違いない。頑張ったからね」

……たぶん。

7

相も変わらず、外で食事となった。キッチンは使わせてもらったから、食卓も借りていいとは思うのだけれど、他人の家の食卓でくつろいで食事をするほどの図太い神経がぼくには足りなかった。

ヴァンダイクさんは何も言わずにさっさと床に腰を下ろすと「終わったぞ」と言った。

「直ったんですか？」

「ああ。注文通り連結もしておいた。ただしあんまり速度は出すなよ。荒地とがれ場も避けろ」

安堵で胸の詰まりが緩んだ。

わかってはいても、直ったと聞けばやはり安心するものだ。

「で、支払いはどうするんだ」

「これで足りますか？」

ニトが差し出した手を見て、ヴァンダイクさんは眉をあげた。横目でぼくを見る。

その視線に肩身が狭かった。お前、嬢ちゃんに払わせるのか、と言われた気がした。甲斐性なしですみません……。

ニトの手にあったのは、小粒の赤い宝石がついた指輪だった。ヴァンダイクさんはそれをつまみ上げ、光にかざした。

「ま、いいだろう」

ニトはほっと息をついたようだ。その指輪は、もしかして大事なものなんじゃないだろうか。声をかけそうになって、ぼくは拳を握った。ニトがそれで払うと決めたのなら、ぼくが口出しをするわけにもいかないし、代わりに支払えるようなものもなかった。自分が情けなく思えてしまう。

「あの、どうして、お金を？」

「使い道もねえのになんで金を請求してんのかって？」

ヴァンダイクさんの問い返しに、ニトはおずおずと頷いた。それはぼくも気になっていたことだった。

お金や宝石といった貨幣として使えるものは、多くの人が価値を共有しているからこそ意味がある。しかしいまは、人がいなくなって、お店もなくなって、根本的に価値が崩壊している。だからこそ、ぼくも荷物になるだけだと思って、お金になりそうなものを持ち歩いていないのだ。

「これがおれの仕事だからだ。仕事の対価にもらう金には価値がある」

「仕事、ですか？」

「車の修理をする。客はその対価として金を払う。車を引き渡す。金をもらうから仕事になる。それだけの価値がある仕事をしたんだって、おれも満足できる。もらったあとのことはどうでもいい。おれはそうやって生きてきた。だからそれを続けてるだけだ。世界がどう変わろうが、おれの生き方は変わらん」

すっぱりと言い切ったヴァンダイクさんが、どうしてか眩しく見えた。自分を貫くという揺らぎのない態度が、ぼくには憧れのように感じられた。

滅びつつあるこの世界で、過去と変わらずに生きることは頑迷とも言える。それでも何もかもが揺らいでいる状況にあって、ヴァンダイクさんの振る舞いは頼もしくすらあった。

「そうですよね。仕事をしてもらったら、お金を払う。当たり前のことですもんね」

そんなことさえ、すっかり忘れてしまっていた。

「……ま、おれも久しぶりに仕事らしい仕事ができた。感謝するのはおれの方かもしれねえな」

ヴァンダイクさんがぼそりと言う。ぼくとニトの視線に照れたように、彼は「さあ飯にしよう」と膝を叩いた。

ぼくはニトと笑みを交わしてから、中央に置いたスキレットの蓋を取った。湯気が立ち上った。じっくりと火が通った野菜は色を鮮やかにして、ブラウンの焦げ目が食欲を刺激した。焼き加減まで完璧だった。

先の丸いパレットナイフを差し込んで、形を崩さないように一人前を皿に盛った。ヴァンダイクさんに差し出すと、彼は驚いた顔をしている。

「おい、こいつは……」

「食器棚で手帳を見つけたんです。レシピがたくさん書いてあって、その通りに作ってみたんです」

ヴァンダイクさんは皿を受け取り、その料理——メルタイユを、じっと見ていた。

やがてフォークで掬うようにして口に運んだ。何かを確かめるように噛みしめる動きはだんだんと遅くなっていって、ついには止まってしまった。目を閉じてなにかを思い出す様子は、決して邪魔をしてはいけない時間のように思えた。

「懐かしい味だが、ちょっと違うな」

目をあけて、ヴァンダイクさんは笑った。それは暖かい思い出を見つめるときに人が浮かべる柔らかい笑みだった。

「味はよく分からないんじゃありませんでしたっけ？」

「こいつは別なんだよ」

ぼくに言い返して、ヴァンダイクさんはまたメルタイユを口に放り込んだ。

「レシピに『特別な日に』って書いてあったんですけど、どういう意味か分かりますか？」

こうして作ってみても、やはりただの家庭料理にしか見えない。どうしてわざわざ注意書きまでしたのか疑問だった。

「んなことを書いてたのか？」とヴァンダイクさんは笑った。「こいつを初めて食ったとき、おれが美味(うま)いって言ったらしいんだよ。それをあいつがえらく喜んでな。それから毎日、こいつが出てきた。五日も続くとさすがに飽(あ)きてな。けどよ、面と向かって飽きたとは言えねえ。おれを喜ばせようと思って作ってくれてるわけだからな。だから、こういうもんは特別な日に食うから美味いんだって言ったんだよ」

ヴァンダイクさんはスキレットを見つめた。

あんなこと言わずに、もっと食っておきゃよかったな、と呟(つぶや)いた。

8

テントやバックパックなんかの荷物をヤカンに積み込んでから、ぐるりと車を見てまわった。後部に取り付けられた金具から、一メートルほどの太い棒がニトのオート三輪に繋がっていた。

「三輪だからな。牽引するには都合が悪い。ずっとこっちでハンドルを握ってるわけじゃねえだろ？」

とヴァンダイクさんが言った。

オート三輪の車体の前部に、タイヤが二つ付いた金属の補助台が取り付けられていた。曲がったときにバランスが崩れるのを防ぐためだろう。溶接跡も荒々しい金属の骨格がむき出しで男心がくすぐられてしまう。

ちらりとニトを見ると、眉をひそめて難しい顔をしていた。女心としては微妙なものらしかった。

荷物は積み終えたし、燃料や水もヴァンダイクさんが補給してくれていた。それがヴァンダイク蒸気工場の流儀だという。ありがたい限りだった。

牽引するうえでの運転の留意点と、蒸気自動車に負担をかけない方法や簡単なメンテナンスを教えてもらうと、ついに出発するばかりとなった。

「でも、よかったんですか？　食材、こんなにもらっちゃって」

ニトのオート三輪の空きスペースには、冷蔵室から運び込んだいくつもの缶詰と調味料と、なんと肉の塊も積んでいた。ヴァンダイクさんが持っていけと言ってくれたのだ。

「どうせおれひとりじゃゴミにするだけだ。料理もできねえしな。懐かしいもん食わせてもらった礼だよ」

「色々と、ありがとうございます。助かりました」

ヴァンダイクさんがぼくの肩をばしんと叩いた。

「やれるだけはやった。大事に乗れよ」

ぼくは頷いた。もちろんそうするつもりだった。

と、ぼくの背中に半身を隠していたニトが前に出て、ヴァンダイクさんを見上げた。

「……ご飯、ごちそうさまでした。あと、ベッドとお風呂も貸してくれて、ありがとうございます。車の修理も、あの、助かりました」

たどたどしくはあったけれど、ニトはしっかりと言った。

ヴァンダイクさんは眉をあげた。ちょっと驚いた、という風だった。けれどすぐに、にいっと男臭い笑みを浮かべて、ニトの頭をがしがしと撫でた。

わっ、わっ、と小さな悲鳴が聞こえた。

「気を付けて行け」

「うう……髪がぐしゃぐしゃです……」

ぼやきながら、ニトは後ろ手に隠していたものをおずおずと差し出した。

「これ、お礼、です。わたしはこれくらいしか、できないので」

それは厚手の紙だった。そこに鮮やかな色がある。水彩画だ。工場の中を見下ろすような構図で描かれている。ヤカンとオート三輪があって、修理に励むヴァンダイクさんがいる。家の前で座っているのはぼくだろう。工場内ということもあって、ブラウンや黒なんかの暗い色が多いのに、ちっともくすんで見えないのが不思議だった。外から注ぐ明るい陽射しが際立って見えるからだろうか。

ヴァンダイクさんはそれを受け取って、掲げるようにじっと見た。それからニトに恭しく一礼した。まるで騎士がお姫様から勲章をもらったみたいに。

「ありがたく頂戴いたします」

「え、やっ、そ、そんなに良いものではないので！」

と慌てるニトに、ぼくは笑った。ヴァンダイクさんも笑っていた。からかわれたことに気づいたニトが頬を膨らませ、足音も荒くヤカンの助手席に走っていった。オート三輪の運転席には、いまは肉の塊が座っているのだ。

「いい子だな」とヴァンダイクさんが言った。「絵なんて描いてもらったのは初めてだ」

絵をじっと見下ろしてヴァンダイクさんが笑っていた。あの振る舞いは、もちろん照れ隠しだったのだ。

「そろそろ行きます。お世話になりました」

ああ、と頷いて、ヴァンダイクさんがぼくに向きなおった。

「……頼みがあるんだが」

「はい？」

改まった言い方に首をかしげる。

ヴァンダイクさんは片手を後ろに回すと、革の手帳をぼくに差し出した。それはあのレシピが書かれたものだ。

「お前さん、旅をするんだろ。こいつも連れて行ってくれねえか」

「こいつもって、これ、大切なものでしょう」

「いいんだよ。おれがここに工場を構えちまったからな。ろくに旅行にも連れて行ってやれなかった。ずっと家の中で、退屈させてたろう。ここじゃない景色も見せてやりてえ。今さら遅いって、怒られるかもしれねえけどよ」

「……ヴァンダイクさんが連れて行ってあげないんですか？」

「おれの死に場所はここだ。工場を空けられねえし、あいつの墓の世話もある。お前に任せるってのも変な話だとは分かってるが……」

言い淀むヴァンダイクさんに、ぼくは胸が暖かくなった。ああ、なんて不器用で、まっすぐな人なんだろうと、そう思った。

「分かりました。お預かりします」

手帳を受け取った。ヴァンダイクさんが少年みたいな笑みを浮かべた。

「助かる」

「仕事には対価を、ですよね。食材をいっぱいもらったので、ちゃんと仕事もしますよ」

「お前も分かってきたみたいだな」

ヴァンダイクさんが手を出した。ぼくはそれを握り返す。大きくて分厚くて力強くて。今までの人生が感じられるような、立派な手だった。

「じゃあな」

「はい」

ヤカンに乗り込むときに助手席に座るニトと目があった。ほっぺたを膨らませた不満げな顔でじろりと睨まれて、苦笑いが漏れた。

すでに燃料室には火が入っていて、エンジンは暖機状態になっている。メーターを見ればすべての針が問題ない値を示している。

窓を開けた。余計なお世話になるかもしれない。口を挟むことでもないかもしれない。ぼくの思い込みかもしれない。けれど、言っておきたかった。

「キッチンも冷蔵室も、すごく綺麗に整ってました。手帳も、丁寧に書かれていました」

「それがどうした？」

「だからきっと、毎日を楽しんでいたと思います。ヴァンダイクさんに料理を作るのも。幸せだったと思います」

ヴァンダイクさんは、ぽかんとした。

「キッチンが整っていたからって？　まったく、変なことを言いやがる」と、苦笑して。

「ありがとよ。お前らがせっかく片付けてくれたんだ。おれも皿洗いくらいはしとこう。汚すと、今度こそあいつに怒られそうだ」

「それがいいですね」

笑みを交わして、ぼくはスロットルレバーを押し上げる。

ボイラーで生まれた蒸気がどっとピストンに流れ込んだ。しゅっ、しゅっ、しゅっ、と、懐かしくさえ思える音がした。オート三輪を引っ張っているのに少しも重たげな様子を見せず、ヤカンは滑るように動き出した。

ニトがヴァンダイクさんに向けて手を振った。ヴァンダイクさんは眉をゆがめながら、ぎこちなく手を振り返してくれた。おい、慣れねえことさせんじゃねえよと、そんな声が聞こえてきそうだった。

工場の屋根の下を抜けると、青い空からどっと陽射しが落ちてきた。思わず目を細めた。視界の一面に、光に透けるような草原と白い砂漠の連なる丘が広がっていた。ゆるやかな弧を描いて延びる道はどこまでも続いているみたいだった。

サイドミラーに目をやると、表まで見送りに来てくれたヴァンダイクさんが見えた。ニトが窓から身を乗り出すようにして後ろを振り返る。ヴァンダイクさんの姿が小さくなって、黒い点になって、ついに工場も見えなくなってから、ニトは助手席に腰を落ち着けた。

「いい人だったね」

はい、とニトは頷いた。

「また会いに来よう」

はい、と繰り返す声は少しだけ震えていた。

きっとまた会えるよ、とぼくは言った。

幕間「ブルー・ライトも届かない」

1

オート三輪を牽引しながらの運転はすぐに慣れた。都会の一般道ならまだしも、他に車もない平坦でまっすぐな道を行くだけだ。急ブレーキ、急発進にさえ気をつければそれで十分だった。慣れないのは、出会って間もない女の子と車内で沈黙を共有することである。

何か話題を、と焦っていたのは出発してからの数時間だけだった。

ぼくらはあくまでもそれぞれの旅の途中で止むに止まれぬ形で同乗している。どちらも人馴れしていないものだから、会話はちぐはぐになって、気まずい沈黙の中でお互いに後悔するのだった。

これはそのうちに改善されるだろうと期待するしかない問題だった。

それまでは休憩回数を増やして、息詰まるような密室の空気を入れ替えることにしていた。ニトがそれに気づいているかは分からないけれど、提案したとしても進んで賛成してくれるのではないかと思う。

　そのうちに三叉路が見えてきて、ゆっくりとヤカンの速度を落として停まった。道の間の小さな石の山に、木の棒に鉄板を打ち付けた看板が傾きながらも突き立っていたが、それはすっかり赤錆に覆われてしまって、文字はニトにも読めなくなっていた。

　腕時計を確認するとすでに夕方も近く、山にかかる雲が腹の底を赤黄色く染めている。夜の気配に焦るよりは早めに準備に取りかかる方が良いものだ。折良く、道の脇には平坦な広場があった。

「今日はここでキャンプにしようか」

「分かりました」

　広場に車を乗り入れてエンジンを止め、ドアを開け放った。

　風はゆるく吹いていて、春の残り香のような冷たさも夏の先触れみたいな熱気もない。緑の丘が波打つように延びていて、浮島のように茶色い岩場と、白い結晶となった砂漠が広がっている。濃い緑の木々が遠目にいくらか見えるだけで、民家も街灯もなく、夜になればすっかりと暗闇が満ちそうだった。

　車を降りて振り返り、ニトに声をかけようとした。彼女は開いたドアに両手をかけ、目を細めて景色を眺めていた。

慈しむ、という言葉を、ぼくは今までに使ったことがない。それでもニトがいま見せている、微かな笑みを浮かべたそれが、慈しむという言葉にふさわしいのだろうと分かった。

目の前にある景色は、なんてことはないものだった。この世界に来て一年と経っていないぼくですら見飽きたものだ。

道が続いていて、丘があって、山があって、太陽が沈みかけていて、空を焼くほどの眩しい夕焼けで。ただ、それだけだ。すべてが結晶化しながら白い砂漠に変わっていくというだけで。

「なにか珍しいものでもあった？」

訊くと、ニトは穏やかな表情のままに答えた。

「綺麗な色合いだなと思って。世界が滅びかけてるなんて、信じられないくらいに」

色合い。ニトの言葉を参考に改めて眺望した。確かに綺麗だなとは思うけれど、そう感じることしかできなかった。

絵を描いている人間の特有の感覚とか、感受性によって、ぼくとは違う世界を見ているのかなと思った。ぼくに理解できないだけで、きっとこの世界には美しさが溢れているんだろうな。

今のぼくには夕日を眺めるよりも、キャンプの準備の方が気がかりである。赤光が沈むまでうっとりしていたら、次は暗闇の中で困り果てることになるのだから。

後部座席からキャンプ道具を詰めた木箱を下ろし、バックパックと敷布を取り出した。ざっと周囲を見回しても木陰も岩陰も何もない。ヤカンの目の前でテントを張ることにした。いざというときはヤカンのライトで照らすことができる。

「あの」とニトが言った。「わたしも何かさせてください」

ぼくがテントを立てるあいだ、ニトはよく動いて手伝ってくれた。最近はずっとひとりでやっていたことで、誰かに何かを頼みながら設営するというのは新鮮だった。

「テントって、狭いですね……」

組み上がったドーム状のテントにしゃがんで入って中を見回しながら、ニトがぼくを振り返った。

「ところで訊きたいんだけど」

「はい？」

「ニトは今までどうやって寝てたの？」

「車の座席で横になっていました」

なるほど。小柄だからできるやり方だ。

「テントがひとつしかない。そして今、ニトのオート三輪の座席には肉が座ってる。だから訊くんだけど……どこで寝たい？」

　ずいとテントの分け目から顔を突き出して、ニトが真剣な瞳でぼくを見上げている。

「……どこが、あるんですか？」

　ぼくは今まさにニトが入っているテントを指差し、それからヤカンを指した。木箱やバックパックなんかの荷物をすっかり出してしまえば、ヤカンの後部座席はずいぶんと広くなる。雨風の強い日なんかはぼくも後部座席で寝ることがあった。

　ニトはテントの中をぐるりと見回した。念入りに床や頭上を確認してから、重苦しい顔で言った。

「ここ……陰気くさいです……」

「ちょっとぼくに謝ってもらっていい？」

　まるでぼくのせいだとでも言いたげだな、おい。

「冗談です。テントは怖いので、車内でお願いします」

　平然と言って、ニトはテントから抜け出した。夕焼けから深いナイトブルーに染まり変わる空にいくつも並びだした星を見上げて、小さな歓声をあげた。

2

まずバックパックから取り出して組み立てたのは、六角形の焚き火台だ。

ニトと一緒に拾い集めた小枝にマッチで着火して、よく火が燃えてから魔鉱石を入れた。美しい宝石のようにも見える黒石は、本来は蒸気自動車を動かす燃料である。でも、焚き火に入れたら効率の良い炭にもなる。

ふと気づくと、ニトが不思議そうにぼくを見ていた。

「ケースケの世界はみんな外で生活をしているんですか？　遊牧民のような」

「違うけど……？」

「ならどうして、こんなに野外用の道具が洗練されているんです？」

言って、折りたたみ式のローテーブルを指でつついている。

「こんなに軽くて、小さく収納できる机なんて初めて見ました。本でも読んだことがないです」

「便利でしょ」

「……意味が分からないです。こんなに用途が限られるのに、高価なものを作るなんて」

あ、とニトが声をあげた。「もしかして、ケースケは異世界ではお金持ちだったんですか？」

ぼくは苦笑してしまう。同時に、そういう見方もあるのかと感心した。

「ぜんぜん。ただの学生。別に高価でもないんだよ、それ」

「……すごい世界なんですね」

ステンレスのテーブルをつんつんしながらニトが言う。

「すごいのかな。どうだろう。たしかに、用途が限定的なものが作られて、それを手ごろな値段で買えるっていうのはすごいのかも。さ、ニトには料理も手伝ってもらおう」

まな板と折りたたみ式のナイフを渡すと、ニトはまた興味深そうにそれを眺めた。

二人で協力しながら作った夕食は味わい深いものになった。ヴァンダイクさんから分けてもらった食材と、ニトの功績も大きい。

生肉と一緒にもらってきた缶詰の中にデミグラスソースがあった。そうだと気づけたのは、缶詰の説明書きを読んでくれるニトのおかげだった。野菜と肉にデミグラスソースを加えて煮込めば、ビーフシチューが出来上がる。ニトは笑顔で山盛り食べた。

一斗缶の水で食器を洗い流し、歯磨きをして、濡れタオルで顔や身体を拭いてお風呂がわりにして、あらかたの片付けも終えてしまえば、夜はあっという間に暇を持て余す。

焚き火台に薪を足しながら、ぼくとニトは向かい合うように腰を下ろしている。

話に盛り上がって笑い合えるような関係でもないし、かといって寝入るには時間が早い。

沈黙に息を詰めずに済んだのは、目の前に分かれ道があったからだった。

「これから、どこに行こうか?」

ぼくにもニトにも、最終的な目的地というものはある。そこに行き着く道が分かっているなら迷わずに選ぶものの、お互いにそうではない。まず今日明日、どこを目指すかというのが重要だった。

「……ケースケは、あてはありますか?」

ぼくは首を振った。何なら、数日前まで完全に迷子だったくらいだ。

「でも地図ならある」

「地図?」

荷物を片付けたとき、地図も一緒くたに木箱に放り込んでいた。ニトに差し出すと、両手で広げる。紙の背に火のゆらめきが映った。

「あ、本当にこの辺りの地図ですね」

じっと見たあとに、ニトはやけに真剣な目をぼくに向ける。

「ケースケに問題がなければ、バルシアに行きませんか」

「バルシアっていうのは？」

「この丸で囲まれている橋の、すぐ手前にある街です。もともと、ここに行くつもりだったんです、わたし」

返された地図を確認すると、言う通りに小さな家がいくつも描いてあった。

「ぼくは構わないけど、そこに何かあるの？」

「バルシアは魔女のいる街なんです」

「魔女ぉ？」

また急にメルヘンな話だな。

「ケースケの世界で魔女がどんな風に扱われているのかは分かりませんけど、この世界では、魔女は古い魔術を伝承するすごい存在なんですよ。おとぎ話にも何回も出てくるくらい」

「それ、本当にいるの？」

「いる、と思います。少なくとも、みんなはそう信じています」

「曖昧じゃない？」

「わたしは会ったことがないので……」

と、苦笑されてしまっては、ぼくも問い詰めるわけにはいかない。

改めて地図を見下ろした。

トラックで見つけた地図は、水上の駅を過ぎて山を越え、街と橋に至るまでの道だけが描かれている。

トラックの運転手も魔女に会いにいこうとしてたのかな、と考えたけれど、すぐに改めた。街の絵はおまけ程度に描かれている簡単なものなのに対して、何度も丸がつけられている橋は、やけにきっちりとした線で精密に描かれていた。気合の入れ方が違う。

「魔女に会ったら何かあるの？」

地図を折りたたみながら訊いた。

ニトは立てた膝の間に顎を乗せて、背を丸めるように焚き火を見下ろした。ぱちりと火がはじけた。

「——魔女は、どんな質問にも正しい答えをくれるんです。一度だけ」

「なんで？」

「なんで？」

きょとんとした顔でおうむ返しにされて、ぼくの方が戸惑った。

「なんで、魔女は正しい答えをくれるの？　というか、どうやって？」

「……そういえば、なんででしょう」とニトが眉間にしわを作った。「昔からそういうものだった、としか答えられないです。おとぎ話に出てくる魔女は、いつも訪れる人の質問に答えているから」

「ふうん。魔女っていうくらいだし、魔法が使えるの？」

「正確には魔術、ですね。二百年くらい前までは本当にあったんですよ。蒸気技術が発展して、魔術は衰退しちゃいましたけど。習得するのがすごく難しいそうなんです」

近代科学の発展で魔術が衰退した、というのは、どうにも切ない話だ。

「魔術……見てみたかったなあ」

「わたしもです」とニトが笑った。「でも、みんなそうなんですよ。魔術が残っていたころの時代を題材にした小説がいっぱいあります」

「魔女に頼んだら魔術を見せてくれるかな？」

「どうでしょう。頼んでみたという話は訊いたことがないです」

「よし、バルシアに行こう。ぼくが頼んでみる」

「じゃあわたしも一緒にお願いしてみますね」

目的地が定まったことで、活力まで湧いてくるようだった。それは久しく感じていなかったものだ。

「ニトは、魔女に会って訊きたいことがあるんだよね？」

立ち入った質問を投げかけられたのは、高揚した気持ちが口を滑らかにしたからだった。言ったあとになって、しまった、と思った。個人的なことを訊くべきではなかったかも、と。

ニトは少し言葉を悩ませてから、はいと頷いた。

「本当に黄金の海原があるかどうかを、訊きたいんです」

「……地図に載っていないって言ってた場所？」

ヴァンダイクさんの家で、ニトが探していると言っていた場所のことだろうと察しはついた。

ニトは上着のポケットから手のひらサイズの手帳を取り出し、あるページを開いてぼくに差し向けた。受け取って見ると、画面の大半を埋める黄色が印象的な絵があった。辺りがあまりに暗いせいもあって、穏やかな火の明かりだけではよく判別できない。

海、だろうか。手前には崖の上に建つ小さな教会のようなものもある。右端には線が繋がった筆記体のようなサインがされていた。

「母がいつも話してくれた、世界一うつくしい場所、です」

それはまた過大な表現だ。

「ページをめくってみてください」

言われた通りにぼくはページをめくった。たくさんの絵があった。街並み、風景、動物、時計塔……どれも鮮やかな水彩で描かれている。まるで画集だった。

「母は、若いころに絵を描きながら旅をしていたそうなんです。本当はもっと、何冊も手帳があったんですけど。その旅の中で見つけたのが、黄金の海原だそうです」

「なるほど。世界中の景色を見てきたうえで、そこが一番うつくしいと思ったわけか。説得力があるなあ」

と、ページをめくっていた手が思わず止まった。見覚えがあったからだ。灯りを手繰り寄せるために焚き火にぐいと身を寄せた。

「これ、あの駅？」

それは水上に浮かぶ白い駅を描いた絵だった。

澄んだ青空と浮かぶ白い雲が水面にだけ描かれていて、本当の空にはなにも色がついていない。そうすることで、あの駅の、足元に空が広がる独特の空気感がしっかりと手帳に閉じ込められているように思えた。

「はい。同じ場所です」ニトは笑みを浮かべた。「母の手帳に描かれた場所を探して、巡っているんです。同じ絵を描いてみたくて」

「……お母さんのこと、好きだったんだね」

なにかを意図した言い方ではなかった。思ったことをそのまま口に出しただけだ。それが配慮を欠いていたのかもしれない。

ニトは鋭い痛みを感じたように顔を顰めたが、それはすぐに笑顔に取って代わられた。そうして耐えることに慣れきった人が浮かべる、やけに不純物のない笑い方だった。

謝るべきか、訊ねるべきかを悩んで、ぼくは無言を選んだ。なにを言っても蛇足にしかならない気がした。手帳を閉じてニトに返した。

「じゃあ、とりあえずはバルシアに行って、魔女に会って、質問をする。明日からはそれを目標にしよう」

ニトは頷いた。それで話すこともなくなり、空気も急によそよそしくなった。どちらともなく立ち上がった。

ぼくはバックパックからランタンを取り、ニトをヤカンに送った。後部座席は足元に荷物を詰めて平らにした上に毛布を敷き、即席のベッドができている。ニトは靴を脱いであがり、寝心地をたしかめるように座席を叩いた。

「大丈夫そう？」

「たぶん」

「よし、ならおやすみ」

「はい。おやすみなさい」

ドアを閉じて、ぼくは焚き火に戻った。

敷布に腰を下ろし、バックパックのポケットからスマホを取り出す。

十月十七日、四時十九分。

向こうの世界でも時間はたしかに流れ続けている。ただし、ここと明らかに違う流れだ。

ランタンにスマホの充電ケーブルを繋いで、小さなハンドルをぐるぐると回す。そのうちにスマホに充電マークが点灯した。

正しい答えをくれる魔女がいたとして、ニトは黄金の海原について訊くという。ぼくは、なにを訊こうか。質問は一度きりらしい。

スマホにささやかな充電をしながらしばらく頭をひねってみたけれど、良い質問は思いつかない。訊いてみたいことは、それこそ山のようにあるのだけれど。答えが欲しいかどうかはまた別の問題だ。

ハンドルを回す手を止めて、スマホのロックを解除し、通話画面を開く。どこにも繋がらなかった履歴が画面いっぱいに並んでいる。ずっと圏外なのだから誰にかけても繋がらないのは当たり前だ。異世界に電波があるわけもない。それでも指を伸ばして「自宅」への履歴を押した。

バックパックを手繰り寄せて膝に抱える。スマホを耳に当てて、目を閉じた。瞳の中で火の残影がちらついていた。

第三幕「アイボリー・ハネムーン」

1

あんなに怖かった山の中での宿泊も、慣れると何も感じないのだから人間はすごいものだ。それでも進んで選びたいとは思わないけれど、夜中に峠道を走るよりはマシだった。ニトはまだまだ慣れないらしい。街灯のひとつもなく、月明かりでさえ頼りない山の暗闇に怯えていた。今日も山の中でキャンプとなったらどんな顔をするだろう。

幸いにして、道はもう下り坂に入っていた。

山腹の広場からは、広々とした平原となだらかな丘、そこに切り拓かれた道を見下ろせた。夕方までには平らな場所に戻れるだろう。

ぼくは地面に敷いた布にあぐらをかき、トラックで見つけた地図を広げている。

水上の駅を通り、ヴァンダイクさんの工場に寄り道をして、遠回りをしながらも地図に描かれた道を辿っている。地図の終着点は、川の上流にかかる橋だ。

ぼくとニトはそこに目的があるわけではない。用があるのはその手前の街だ。こうして自分の現在地をたしかめ、目的地との距離を測りながら進んでいる限りは、ぼくは迷子ではない。精神的にとても良い。

地図をたたんで脇に置いた。木立の間から吹き抜けてきた風に持っていかれそうになった。慌ててコーヒーの入ったカップを地図の重しにする。

山道の脇に拓かれたこの広場は、かつて山越えをする人の休憩地だったり、野営地だったのだろう。人の手で整備された跡があちこちに見られた。

石を並べた竈には炭が焼かれた黒模様が残っているし、木材を組んで作られたテーブルとベンチまで揃っている。目の前には小川が流れているから、水の心配もいらない。キャンプをするのにぴったりな環境だ。

ヤカンの水タンクとルーフキャリアに積んだ一斗缶に水を補充して、スペアでコーヒーを沸かし、三杯飲んで、それでもまだニトは帰ってこなかった。彼女は絵を描くのに良い場所を見つけると時間を忘れてしまうのだ。

最初は待ちくたびれたり、早く行こうと急かしたりもしたけれど、数日もすれば慣れてしまった。急ぐ理由が何もないことに気づいたからだ。

座るのにも飽きて、後ろに身体を倒した。敷布は薄いものだから地面の硬さが存分に感じられる。ベッドの柔らかさが恋しかった。ヴァンダイクさんの家でも、ベッドを借りずに工場の中にテントを張って寝たのだ。遠慮しなければよかったな、と今になって思う。

太陽は淀みもなく広場を白く染め上げていた。夏が近いのだろう。日に日に景色が鮮明に見える気がした。寝転んで、風の涼しさを肌に感じて、枝葉が擦れる音や、木陰が揺れて生まれる青模様を眺めていると、まぶたも自ずと重くなった。

半ば夢見心地の中で、それが現実のものだと気づくのに時間がかかった。

遠くに汽笛が聞こえた。やまびこのように輪郭をぼやかしながら、短く五回。そして長く響く。眠気がはっと覚めて、身体を起こした。耳を澄ませる。静寂があった。また汽笛が鳴る。短く五回。長く一回。

何のためかは分からなかった。それでも、たしかに誰かが汽笛を鳴らしているのだ。ここでゆっくりと昼寝をしているわけにはいかない。

カップに残ったコーヒーを捨て、広げていた荷物を木箱に詰め込み、敷布を丸めた。ヤカンに荷物を運び終えたころに、川へ降りる小径からニトがイーゼルを担いで戻ってきた。

「いまの、聞こえた？」

「はい」とニトが頷いた。「救難汽笛だと思います」

「救難汽笛？」

また物騒な言葉だな。

ニトはオート三輪の荷台にイーゼルを乗せながら言う。

「もともとは列車や船舶で使われる汽笛合図です。短く五回、長く一回は、非常事態発生、救援求むの意味です」

「よく知ってるね。もしかして船乗りだった？」

感心して言ったのだが、どうしてかニトは頬を赤くして視線を下げた。

「……幼いころに、航海小説に夢中になった時期がありまして」

きみの歳で幼いころって表現、使う？

「とにかく助けを求めてる人がいるってことだよね？」

「そう、ですね」

ニトは顎に手を当てて考える。

「でも、迂闊に様子を見に行くのも、不安が残ります。そうやって助けを求めて、やってきた人から追い剝ぎをするという話を読んだことがあります。汽笛から善人か悪人かは分かりませんから」

「なるほど。詐欺か」

そういうこともありうるわけだ。少し悩む。

「よし、とりあえず車に乗って。近くまで様子を見に行こう」

「……大丈夫ですか？」

「本当に困ってる人だとしたら、無視するのも気分がよくないでしょ。ぼくらもヴァンダイクさんに助けられたんだし」

恩送り、と言うと大げさだ。ただ、この音を無視して進んでしまえば、これから一週間は気になると思った。本当に困っていたのかも。あれからどうなったのだろう。ぼくら以外に助けてくれる人がいただろうか。寝る前にそんな風に悩むことは、まったく夜の睡眠に良くない。

その日の宿泊地を決めるまではヤカンのボイラーの熱は落とさないようにしている。だから乗り込めばすぐに発進できた。曲がりくねった山道を下っていると、ニトがぼくの顔を横目でうかがっていることに気づいた。

「どうかした？」

「いえ……銃を、準備しておきますか？」

「護身用に？」

「はい」

「いらないでしょ。たぶん。銃を持って助けに来ましたって言っても、ぼくらが追い剝ぎみたいになりそうだし」

そうですか、とニトは頷いて、視線を前に向けた。

山を降りていく間にも何度か汽笛は鳴り響いた。聞こえるたびに音は近づいているように思えた。この道の先にいるようだ。

これならぼくらに選択肢はなく、進んだ先で否が応にも鉢合わせすることになっていた。

ほとんど山を降りて、周りの木々の数も少なくなって、太陽が赤い光を投げかけはじめたころに、それが見えた。

「ゾウじゃん」

「ゾウ?」

「え、いない? 耳が大きくて、鼻が長い動物」

「知りません。ケースケの世界には、あんな形の動物がいるんですか?」

「同じなのは耳と鼻と、サイズくらいかな……」

箱型の蒸気自動車だった。ワーゲンと呼ぶのか、ワンボックスと呼ぶのか、ぼくは区別の付け方を知らない。サイドミラーの代わりに、ゾウにそっくりの大きな耳が突き出ている。鼻はくるりと先を丸めるようにして、フロントガラスの下から伸びていた。そのふたつだけが浮き立った飾り付けだった。

車の脇に立っていた背の高い男性がハンチング帽を持つ手をこちらに振っている。車の陰から薄紅色のワンピースドレスを着た女性が出てきて、男性の真似をするようにおずおずと手をあげた。

ぼくは助手席に目を向けた。ニトはこくりと頷いた。止まっても問題ないと思ったのだろう。ぼくもまったく同意だった。男性と女性が、すっかり白髪の、老齢の夫婦にしか見えなかったからだ。

ゾウのワーゲンの横手にヤカンを止めて、窓を開けた。細身のおじいさんが近寄ってきた。すっかりと明るい笑みを浮かべている。

「いやはや、こんな場所で、まさか人に会えるとは！　これも赤光の聖女さまのお導きでしょうか。もし余裕がありましたら、どうかお助け願えませんか」

「なにかお困り、ですか？」

念の為、スロットルレバーからは手を離さなかった。いつでも走り出せるように。

おじいさんは腰をかがめるようにしてぼくに顔を寄せた。隣に座るニトに気づくと、おやと目を丸くして、恭しく会釈をした。

「こんな世界だ。通り過ぎても仕方のないこと。それでも止まっていただいたことにお礼を言わねばなりませんな。なに、見ての通りの枯れ木です。何もできやしません。安心してください」

ぼくらの警戒心を見て取ったのだろう。穏やかな物言いだった。疑ってしまったことが申し訳なく思えた。

それでもスロットルレバーから手をどかすことは躊躇われた。ぼくだけなら気にしない。けれど今、隣にはニトがいた。礼儀よりも安全を優先したい。

無言で言葉の先をうながすと、老人は微笑んだ。ぼくの考えを分かった上でそれを当然と認めてくれたのだと、不思議と理解できた。

「じつは道中のどこかで魔鉱石を入れた箱を落としてしまったようで。気づいたときにはもう燃料も尽きて、ここで妻と二人、立ち往生しておったのです」

「それはまた、災難でしたね」

「燃料はやはり車内に置いておくべきでしたな。狭いからと横着をするとろくなことにはなりません」それで、と続ける。「もしあなた方の魔鉱石に余裕がありましたら、私たちの積荷と交換していただければ助かるのですが」

おじいさんは身体を折るように頭を下げた。後ろの方で、おばあさんも倣った。そこまでされるとぼくの方が恐縮してしまう。

と、スロットルレバーを握る手の袖が引かれた。ニトに顔を向ける。彼女は小さく、けれど何度も頷いた。

「分かりました。いいですよ。ちょうど、これでもかと積んだばかりなんです」

ぼくはスロットルレバーから手を離した。

2

ヤカンの屋根から魔鉱石の入った箱を下ろして、それをゾウのワーゲンに運んだ。

老夫婦はネッドとジュリーと名乗った。ぼくらも自己紹介をして、二人から丁寧なお礼を受けている間に、太陽はすっかり水平線に寝転んでいた。夜を前にして出発するかどうかを悩んでいると、ジュリーさんが穏やかに言う。

「お急ぎでなければ、夕食をご一緒しませんか?」

柔和な笑みを浮かべたおばあさんにそう提案されてはぼくもニトも断れなかった。なにしろ、時間だけはたっぷりとあった。

どうせ車が通ることもないからと、道のど真ん中に布を広げた。陽が完全に落ちる前に辺りから枯れ枝を拾ってきた。

ネッドさんは脚つきの大きな焚き火台を持っていて、そこに枝を組んで手際よく火をつけた。夕闇が垂れてきたころには、ぼくらは焚き火を囲んで食事をしていた。

「まさか缶詰以外の肉を食べられるときがまた来るとは！　申し訳ないとは思いながら、遠慮はできませんよ」

「こら、ネッド」とジュリーさんがたしなめた。

　ぼくは笑って首を振った。

「むしろ助かります。二人だけでどうやって食べ切ろうか、悩んでいたんです」

　ヴァンダイクさんから肉の塊をもらったときには大いに喜んだ。冷蔵庫がないという当たり前の事実に気づくまでは。

　ぼくもニトも胃袋の大きさは人並みで、抱えるほどの肉を食べ切るよりも肉が腐る方が早い。こうしてみんなで食べる方がずっと良い。

　それに、調理のための道具も、調味料も、調理そのものも、すべて二人がやってくれた。ぼくらは彼らが出してくれた折りたたみ式の椅子に座っていただけである。

　焚き火台に網をかけ、切り分けた肉を串に刺して焼く。厚手の鍋に肉と山菜を入れて煮込む。焚き火で料理をするのはキッチンで夕飯を作るのとは違ってコツがいるものだけれど、ジュリーさんの手際は迷いがなかった。

「慣れてますね」

「昔は薪ストーブで調理をしていましたからね。不便には慣れているんですよ」

「あのころは料理ひとつでも苦労されたでしょう？」

ネッドさんが言った。二人の関係性にしてはちぐはぐな反応に思えて、いくらか違和感を残した。

ジュリーさんが木製の器にスープをよそって、ぼくとニトに渡してくれた。その香りに気を取られて、違和感は摑む前に消えてしまう。器にはひと口大の肉と、刻まれたほうれん草のような葉が浮いている。啜ってみると驚いた。

「若い方のお口に合うと良いのですけれど。味は薄くありませんか」

「いえ、美味しいです」

ぼくの横で、ニトもふんふんと頷いている。

肉だけの味わいではなかった。汁はほとんど透明なのにとろみがついている。ほのかな甘みもあって、吸い物のように後味が軽い。いくらでも飲めそうだった。

「これ、何の味ですか？」

「クレッソという山菜ですよ。葉は具材に。根は煮込むと美味しいスープになるの」

ぼくらが舌鼓を打っている間に、ネッドさんは塊肉の調理に取り掛かっている。缶のケースから小さな赤い実をつまみ出してまな板の上に置く。腰に吊り下げたナイフを抜くと、その柄頭でコツコツと実を砕いた。粉末になったそれを肉の塊に擦り込んでいく。

今度はジュリーさんが引き継いで、肉の塊を薄い皮のようなもので包んで燃え盛る焚き火の中に放り込んだ。

「直接いれて大丈夫なんですか？」

黒焦げになりそうで落ち着かない。ニトに至っては身を乗り出して肉を心配そうに見つめている。

ネッドさんは笑いながら、傍らに立てかけていた火吹き棒を取った。それは鉄の細い筒にしっとりとした象牙色の持ち手が付いている一品で、ネッドさんの自慢の道具らしい。先端には小ぶりの鉤爪があって、火かき棒にもできるのだ。

「火山帯に棲むデアデラと呼ばれる鹿がいてね。これはその皮なんだ。火に強くて焚き火くらいじゃものともしない。こうして肉を包んで焼けば、それは素晴らしい調理道具になる」

火吹き棒が焚き火台の中に差し込まれて、鉤爪で引っ張られた薪木が肉の上にかぶさった。

ネッドさんが象牙色の持ち手に口をつけた。頬が膨らんだ。途端、火が揺らめきながら燃え上がった。ネッドさんは口を離し、ふう、ふうと呼吸を整えている。ジュリーさんが手を伸ばして背中をさすった。

「もう、大丈夫ですか。張り切りすぎですよ」

「若い者には負けんと言いたいところだけれど、それも無理だなあ」

胸を押さえて苦笑している。

「代わりましょうか？」

とぼくが言うと、ネッドさんは棒の吹き口を丁寧に布で拭いた。

「頼めるかな。この料理は火力が重要でね。もっと火を強くしないといけないんだ」

差し出された火吹き棒を受け取ると、持ち手の滑らかさに驚いた。手に吸い付くようにしっくりくる。

「いいだろう？」とネッドさんがにんまりと笑った。

「いいですね」とぼくはにんまりと頷いた。

「これはね、フォートと呼ばれる大型草食獣の一番角なんだ。滑らかに加工したこの角は女性の玉肌にもっとも近いと言われる——」

「ネッド。お嬢さんの前ですよ」ジュリーさんがぴしゃりと言った。

「……これは失礼」ネッドさんはわざとらしく咳払いをした。

ニトを見やると、きょとんとした顔で見返された。純粋無垢なこの子の前で話すには、たしかに配慮が必要だ。

ネッドさんの見よう見まねで火吹き棒を構えて、吹き口に唇を当てた。材質は固いはずなのに、唇に触れる感触は柔らかだ。焚き火の熱が移っているのだろうか。ぬくもりまであるように感じられた。玉肌……なるほど……。

ネッドさんが、ジュリーさんに見えないように隠しながら親指を立てた。その瞳が、いいだろう？　と笑っていた。

笑いそうになるのをこらえながら吹き込んだ息は細い筒で圧縮されて、先端から一気に飛び出した。火が流れた。折り重なった薪木の中心で燃えていた赤と黄色の輝きが、夜の闇の中で鮮明だった。息を切ると、火が弾けるように燃え上がった。

横に座るニトが、おぉ……と声をあげる。

「やっぱりね、若さだね」

「若さですねえ」

と二人して褒めるものだから、ぼくはちょっと気恥ずかしい。息を吹いただけなんだから。

「吹いてみる？」

ニトが火吹き棒を見ていたので訊いてみた。ちょっと悩んで頷いたかと思えば、慌てて首を振った。どっちなんだ。

「あらあら。女の子ですからね」

ふふふ、と上品な笑い声。

女の子だから、何なのだろう。頬を膨らませる姿を見られたくないとかだろうか。

「無駄だよケースケくん。女心は鍛冶の鉄。男がどれだけ探求しても分かりっこないのさ。できるのは、その美しさを褒め称えるだけでね」

人生の教訓を語りながら、ネッドさんは薪木を火に投げ入れた。

「さ、さ。その棒の先で枝をひっかけて。そうそう、肉の上に集めて……よしよし、筋が良いね」

「筋の良し悪しがあるんですか？」

「もちろんだとも。きみはとても良い」

「照れますねえ」

え、そうですか？　じゃあ頑張っちゃおうかなあ。なんて、火を吹く勢いも強くなるものである。

「……謙遜、しましょう？」

横でぼそりとニトが言った。

「事実だから仕方ない。ぼくは筋が良かったらしい」

「気を遣っていただいているんですよ」

「ニトは分かってないな。見てよ、この火を。綺麗に燃えてるでしょ？　ぼくの筋が良いから」

「火は放っておいても綺麗です」

「いつもよりツヤがいいと思わない？」

「どこがツヤですか？」

「ここだよ、ここ、この辺り」

「何を言っているのかさっぱり分からないです」

眼前で笑い声があがった。

ぼくとニトが同時に目を向けると、ネッドさんとジュリーさんが仲良く笑っていた。気持ちの良い笑い方だった。ニトを見ると、恥ずかしそうに俯いた。白い頬に、火の照り返しばかりでない赤みがさした。

「仲がいいんですねえ」とジュリーさんが言う。

「ええ、仲良しなんです。マブダチです」とぼくが頷くと、ニトは「べつに良くないです。出会ったばかりの他人です」と手をぱたぱたと振った。言ってることはまったく正しかっ

た。

「おや、出会ったばかりで一緒に旅を？」

ネッドさんが言った。その膝をジュリーさんがぱしりと叩いた。

「こら。失礼ですよ。誰にも事情があるのですから」

ぼくは世間話のように、ぼく自身の事情や、ニトと出会ってからの話をした。

二人は相槌や感嘆の声を合間に入れてくれたものだから、まるでぼくが話し上手になったように思えた。熱心に聴き入ってくれる観客というのは熱心に話す人よりも数が少ないものだ。

「それはまた、不思議な縁だなあ」とネッドさんが感嘆した。「その縁のおかげで、こうして私たちも助かったわけだ」

「異世界からいらっしゃったのなら苦労なさいますね。国もなにもありませんからね、今は。もっと素敵な風景をお見せできれば良かったのですけれど」

真摯に同情してくれるジュリーさんの瞳に、ぼくとしては恐縮してしまう。

「カヴンがまだあれば、あなたのお役に立ったでしょうに」

「カヴン、ですか？」

「まだこの国に大きな迷宮がいくつもあったころにできた研究機関ですよ。異世界からの迷い人を保護していたと聞きますから」

「それは是非とも頼りたかったですね。でもこんな状況じゃ、仕方ないですよ」

笑って、火吹き棒に息を込めた。火がぼくらの影を揺らめかせた。

「そうね……魔力崩壊が起きて、もう三年も経つかしら」

「魔力崩壊？」

と首を傾げたのは、ぼくではなくてネッドさんだった。初めて知った言葉を訊ねる子どものように純粋な瞳だった。

ニトが首を傾げるのがわかった。それほど常識なのだろう。異世界から来たぼくならともかく、ネッドさんが知らないのはおかしいくらいに。

「世界中で急激に魔力があふれたことで、たくさんの人が結晶になってしまったのですよ」

ジュリーさんが優しく説明した。ネッドさんは目を見開いた。

「そんな事件があったのかい？　恐ろしいことだね。それで、あなたはその魔力崩壊から逃れるためにここに？」

「あなたも一緒に旅をしているんですよ、ネッド」

「おや、そうだったかな。そうか、旅か。父さんはどこかな？」

「バートリーさんはもう四十年も前に亡くなりましたよ」

「なんだって？　父さんが？　それは大変だ」とネッドさんは額に手を当てた。「だからあれほど酒を控えてくれと言ったのに。僕が船をおりて跡を継ぐしかないな。ちょっと待っていてくれ。船長に話をしてくる」

ネッドさんは急にきびきびと立ち上がると、ワーゲンに向かって歩いて行ってしまった。明らかに会話はちぐはぐで、ネッドさんの様子はおかしい。ぼくとニトはぽかんと見守るしかなかった。

ごめんなさいね、驚いたでしょう、とジュリーさんが言った。

「五年前からああいうことが増えてね。お医者さまが言うには記憶の病気らしいの。いろんなことを忘れたり、急に思い出したり、発作のように昔に戻ったりするみたいでね。あの人は若いころ、大きな蒸気船の船員だったの。お義父さんが倒れて、跡を継ぐために辞めてしまったのだけれど。今はそのころに戻っているみたいね」

記憶喪失のような、混濁のような、そういう病気は耳にしたことがある。もちろん同じではないだろうけれど、そうしたことが人の頭の中では起こりうるということは理解できる。だからジュリーさんに説明されると、ああそうなのかと受け入れられた。

「あの、ジュリーさんのことも？」

ニトが訊いた。ジュリーさんは困ったように眉尻を下げ、

「結婚してからのことはよく忘れてしまうみたいね。普段は一緒に旅をするお友達、みたいなものかしら。さっきみたいに完全に私が誰かわからないときもあるわ」

それは、と言葉を迷った。大変ですね、という一言で済ませて良いものだろうか。なにか言葉をかけたいと思ったものの、どんな気遣いの言葉も安っぽい同情になりそうで口をつぐんだ。

ぼくらの葛藤を読み取ったらしいジュリーさんは首を振り、気にしないで、と言った。

「もう慣れたから。それに、これで案外、楽しくやっているのよ。ネッドに合わせて、私も若返った気分にだってなるもの」

長く連れ添った人たちだけが持つ親愛を感じさせた。二人の気持ちに、部外者であるぼくらが安っぽい同情や悲哀を向けることは失礼に思えた。

「……寂しく、ありませんか？」とニトが訊いた。

「たまにはね。一緒に思い出話ができないことは少し残念よ。あのときは大変だったわね、って。でも、年寄りの思い出話なんて楽しいものでもないわ」

ジュリーさんは明るく笑った。

「それよりも、こうして二人で年甲斐もなく旅に出て、新しい思い出を作れることがとて

も楽しいの。だから大丈夫。心配してくれてありがとうね、ニトちゃん」

気遣ったことを気遣われてしまって、ニトは照れたように視線をさげた。

ワーゲンの方から足音がして、見るとネッドさんが戻ってきた。

「いや、すまないね。何だって私は車の方なんかに行っていたんだろう？」

自分でそう言いながらも、どこか不安げな表情を浮かべている。

「あら、食器を取りに行ったんじゃありませんでしたか？　お肉を切り分けるために」

ジュリーさんが優しい声で言う。ネッドさんは顔をぱっと明るくした。

「ああ、そうだったかな。そうか。食器だな」

と、すぐに踵を返した。

ちょっと失礼しますね、とジュリーさんは立ち上がり、ネッドさんの背を追った。すぐに二人の話し声と、朗らかな笑い声が聞こえてきた。

ぼくとニトは顔を見合わせて、どちらからともなく笑みをかわした。

3

腕時計には四つのボタンがある。右上のボタンを手探りで押すと、文字盤が光って長針と短針の居場所を浮かび上がらせた。夜の十一時を回ったところだった。寝返りを打ち、テントの生地から透ける月明かりをぼうっと眺めた。

ネッドさんたちとの食事会は九時過ぎまで続いて、ニトがまぶたも重たげに舟をこぎ始めたのをきっかけにお開きとなった。二人はワーゲンに戻り、ニトはヤカンに、ぼくはいつものようにテントの中にいる。

横になってすぐに寝入ったと思えば、一時間ほどで目が覚めて、それで眠気はどこかにいってしまったらしい。することもなく暇を持て余している。

明日も長く運転することを考えれば睡眠はしっかりとっておきたい。そう思って目をつぶっていても、頭の中でとりとめもない考えが活発に走り回って、やがて目をあけてしまう。こうして眠れない夜は今までに何度もあって、眠れるのは決まって朝方になってからだった。

夜に考え事をするのはあまり好ましいことじゃない。

美味しい夕食とひとときの談笑のあとであっても、あるいはそうした浮き立つような時間のあとだからこそ尚更に、ひとりで思い悩むことは気分を落ち込ませる。

目的地がある。ぼくらはそこへ向かう。それ以外のことは、考えないでいい。自分に言い聞かせる言葉は、やはりどうしても空虚な響きに聞こえた。

魔女。

まるで童話のような不確かで甘い綿菓子みたいな響きだ。

どんな質問にも、正しい答えをくれるという。そんな人が本当にいるのだろうか。いるのかもしれない。なにしろ、ここは異世界だから。ぼくの常識で測ろうという考えは間違っている。

ぼくらは魔女に会いに行く。ニトは魔女に質問をする。それから、どうなるのだろう。

その次はどこへ？　その次は？　その次……。

終わりがあるのだろうか。それとも制限時間が来るまで、たとえば、あふれた魔力とやらがぼくかニトの身体をすっかり飲み込んで結晶にしてしまうまで、ぼくらはこの世界のどこかへ向かっていくのだろうか。

トラックの運転席で結晶の山となった人のことを思い出した。

荷台には山のような食料と日用品があった。手描きの地図には丸がつけられていた。入念に準備をして、目的地へと向かう途中だった。

目指すべき場所があって、そこに至るまでの道順がわかっていたって、たどり着けるとは限らない。だったら、そこへ向かおうとする行いには意味があったのだろうか？

身体を起こし、テントの中に運び込んだ木箱を引き寄せた。

出番のなかったスペアや調理器具があって、それをかき分けてひとつのトランクを引っ張り出した。

あぐらをかいた膝の上に置いて金具を開くと、テント越しの薄明かりの月光に黒い銃身がなめらかに浮かび上がった。指を伸ばして撫でた。冷え切った金属の感触が、信頼できる唯一の揺るぎない現実のように思えた。

テントの前の砂を踏む音に、ぼくは慌ててトランクの蓋を閉じて耳を澄ました。大きな音を立てないようにそろそろと誰かが歩いていた。

足音は出入口の前で止まった。テントに影が落ちた。

「……起きているかな」

ネッドさんの声だった。

深夜の訪問者というのはそれだけで心臓に悪いものだ。ぼくは詰めていた息を吐き出して、トランクを木箱に戻した。

ジッパーを開いて顔を出すと、驚いた表情のネッドさんが立っていた。

「どうかしました？」

「すまないね、寝ていたんだろう？」

「いえ、眠れずにごろごろしてたんです」

「そうか。それなら良かった」

いくらか迷った口ぶりは、どうにもぼくに何か話がある様子だった。深夜に来るくらいだ。よほど重要なことだろう。

「……中に入りますか？　狭いですけど」

「それは、いや……お邪魔してもいいかな」

ぼくはテント内の奥に下がり、傍に置きっ放しのランタンのスイッチを入れた。ネッドさんが長い身体を折りたたむようにして入ってきて、真っ白い光を投げる充電式のＬＥＤランタンに目を止めると、目を細めた。

「これはすごいな。異世界の？」

「ええ、風情はないけど便利ですよ」

ネッドさんはおずおずと腰をおろした。テントの斜になった天井にぼくらの影絵が生まれた。

「……実は、頼みがあってね」とネッドさんがぼくを見た。「私を、きみたちの車に乗せてもらえないだろうか」

ぼくは訊き返すことすらできずに、ぽかんとネッドさんを見返すばかりだ。

「もちろん、ずっとというわけじゃない。きみたちが行く先の、村か街まででいいんだ」

冗談だろうかと疑った。ネッドさんの目は真剣だった。真剣に、ジュリーさんと別れようとしていた。

なんだってそんなことを言うのか、ぼくにはまるで分からない。二人はあんなに仲が良さそうだったのに。

「どうして、ですか？」

なんとか訊き返せたのは、そんなありきたりの言葉だけだった。

ネッドさんは困ったような笑みを浮かべて、こめかみを拳で二度、叩いた。

「ジュリーから聞いていないかい？　私のことを」

一瞬、迷った。本人の知らないところで事情を知られていることは良い気分じゃないだろう。けれど嘘をついても仕方のないことだった。

「ええ、教えてもらいました」

ネッドさんはぼくを責めるでもなく、ただ頷いた。

「最初は、ただの物忘れだった。物を置いた場所を忘れる、やりかけの仕事をそのままにしてしまう……歳をとれば誰もがそうなるからね。自分が父の歳を越えたことを実感しただけで、気にはしなかった。けれどそのうちに、もっとたくさんのことを忘れていることに気づいたんだ。昨日読んだはずの本の内容から、ずっと一緒に働いていた友人の名前まで。ついには仕事のことまで分からなくなることが増えて、引退した」

そうして話すネッドさんは、まるで他人事のように淡々としていた。

「そのころから日記を書くようになってね。日記を読み返せば、いくらかは覚えていられる。こうして君に話すこともできる。でなきゃ私は何を忘れたのかさえ忘れてしまって、空っぽになるだけさ」

私は悪い人間なんだよ、ケースケくん。とネッドさんは言った。

「世界がこんな風に滅びて、私は嬉しかった」

ちっとも嬉しくなさそうに笑う。

「私は、成功していたらしい。父から受け継いだ借金まみれのワイン醸造所を大きくして、人を雇い、国中にワインを卸し、王家に献上する名誉までもらった。けれど、もうすべて覚えていない。私が書いたらしい日記を読んで、事実を知っているだけだよ。そのうちに文字も忘れてしまうだろう。時代の流れから取り残されて、私が私でなくなることを周りから憐れまれて、そうして死んでいくことは、私には我慢できなかった。分かるかい？誰もが私を見て可哀想にと言う。けれど私は、どうしてそんなことを言われるのか、その意味さえ分からなくなる」

だからね、と、声は一段と下がった。だからね。

「魔力崩壊によって日常が崩れ去って、私は安堵したんだ。これで、私を憐れむ人間も、可哀想なネッドもいなくなる。私は私の記憶を残したまま死ぬことができる。そう思った。ところが、こうだ」

ネッドさんは両手を広げた。自分自身を見世物のピエロであるかのように笑った。

「誰も彼もが白く美しい結晶となって消えていったのに、死に損ないの私はちっとも消えやしないんだ。おかげで、もうジュリーのことさえ、よく分からない。あんなに愛していた、私の一番大事な人のことさえ。私がたしかに持っていたはずの愛情を、日記に書かれた文字でしか確認できない」

言葉はそこで途切れて沈黙が落ちてきた。ネッドさんは肩を上下させるように、ゆっくりと深呼吸をしていた。

ぼくはただ黙って話を聞いて、想像もできないほどのネッドさんの苦しみと悩みを持て余していた。

「こんな話をしてすまないね。年寄りの悪い癖だ」

「……いえ」

「とにかく、私は、もうジュリーとは一緒にいられない。彼女のことを忘れていく自分が、あまりに不甲斐ない。だから、連れていってほしいんだ」

そうしてネッドさんは深く頭をさげた。

こんなに年齢の離れた人に、ここまで真摯に頼み事をされた経験はなかった。ネッドさんはぼくよりもずっと経験豊かで、何十年も仕事をして、いくつも大変な決断をしてきたことは推測するまでもなかった。

そんな人にぼくが偉そうに言うべきことはなにもないのかもしれない。ずっとひとりで悩んで、そうして決めたことであるなら、ネッドさんの決断を尊重することがぼくにできる唯一のことのように思われた。

ただ、正直に言って、その責任を負うことはぼくにはできそうにない。ネッドさんの頼みは、どう理由をつけてもジュリーさんと人生を別にするということである。

夕食どきのジュリーさんの姿がふと過ぎった。ネッドさんについて話している顔だ。あれは決して、いまの状況を苦に思っているようには見えなかった。

「ジュリーさんとは、その話は？」

ネッドさんは首を振った。それから気の抜けた微笑を浮かべる。全てを諦めているような笑い方だった。

「あの人はきっと引き止めてくれるさ。優しい人だからね。記憶の抜け殻のような私のために、今でもそばにいてくれるんだから」

ぼくがこんなことを言って良いのだろうか、と思った。失礼じゃないだろうか。

それでも言おうと思ったのは、自分を守るためでもあったし、ジュリーさんがあのときに浮かべた表情がくっきりと思い出されたからだった。

「ネッドさん、あなたはジュリーさんにちゃんと話すべきです。いま、考えてらっしゃる、そのバカな考えを」

バカ、という表現は撤回すべきかもしれない。

言ってから突然、取り返しのつかないことをした気分になる。それでも口にしてしまった言葉はしっかりとネッドさんに届いていて、丸くなった目がぼくを見返していた。

「記憶が失われて、気持ちが若返ったのかもしれませんけど、今のネッドさんは独りよがりの文学青年みたいです。自分の感傷的な気持ちよりも、ジュリーさんのことを考えてあげてください。あなたがいなくなったら、あの人はどうなるんですか」

ネッドさんの表情はやけに幼げに見えた。経験豊かな大人の男性というよりも、まだ社会を知らない純朴な学生のような——それこそぼくと同い年の友人にさえ思える。

「あなたを連れていくことはできません。ぼくはネッドさんのことも、ジュリーさんのことも良い人だと思っています。どちらかを……あるいはどちらともを不幸にすると分かってるようなことはしたくありません」

言い切ると、血が頭を巡った。緊張を吐き出したことによる不思議な高揚感があった。

ネッドさんが「そうか」と答えたのは、ずいぶんと時間が経ってからだった。

「こうして自分のことばかり考えてしまうのは、昔からの性格なのか、記憶を失って気持ちが若返ったからなのか、よく分からないな。独りよがりの文学青年、か」ネッドさんは、くっくっ、と歯を噛んで笑った。「たしかに、その通りかもしれない」

「……あの、すみません。言い過ぎました」

いや、いや。とネッドさんは手を振った。

ぼくを見やる顔はどうしてか清々しい。

「こうして教えてもらえることは、いくつになってもありがたいものだよ。ケースケくん、きみの言うとおりだ。私は独りよがりに考えすぎていた。ジュリーにやがて見捨てられるかもしれないと、そう疑ってしまう自分がいたんだ。でも、そうだな、君にこんなことを頼むよりも、まずは彼女に話すべきだったね。たしかに、バカな考えだった」

久しぶりにバカと言われたな、と愉快げに笑うネッドさんを前に、ぼくは身体を小さくして謝るばかりだった。ネッドさんは気にしないでくれと明るく言って腰をあげた。

「どうしてだろう。あんなに思い悩んでいたのが不思議なくらいだ。すっきりしたよ。この気持ちを忘れてしまわないうちに、さっそくジュリーと話してみようと思う」

夕立ちのあとに晴天が広がるように態度を切り替えて、ネッドさんは中腰のままにテントの出口に腕を差し入れた。

「こんな深夜にすまなかったね。ありがとう。では、おやすみ」

と早口に言い残して、あっという間に外に出ていった。駆け足の音さえ軽やかに聞こえた。

残されたぼくはその変わりようをぽかんと見送るばかりで、そのうちにどっと重たい疲労感が肩にのしかかった。

切り替えの早さはネッドさんの性格なのか、あるいは記憶を失ったことによって得た効能なのか、ぼくには判別できない。でもそれが羨ましくなる。

アドバイスにも満たない自分の発言を後悔したり、もっと他の言い回しがあったのかもしれないと悩んだりしつつも、ぼくにできるのはネッドさんの行動が良い結果につながることを祈るだけだった。

ランタンの灯りを消して横になると、不思議とあっという間に眠気がやってきた。

4

ぼくが起き出したころには、すっかり朝食の準備ができていた。寝すぎたらしい。

ネッドさんとジュリーさんは変わらぬ様子で、ニトだけがぼくを呆れた顔で見ていた。

二人の用意してくれた朝食をご馳走になって、ぼくらは出発の準備にとりかかった。

「この道をまっすぐ行って、山を越えたら分かれ道に当たりますから。この辺りに蒸気工場があるんです」ぼくは地図を広げて、ネッドさんたちと顔を突き合わせていた。「ヴァンダイクさんという人がいますから、車の点検と燃料の補給もできるはずです」

「霧か霞か、どっちかな？」

「それはどういう？」

横で地図を手帳に書き写していたジュリーさんが苦笑した。

「古い慣用句みたいなものなんですよ。昔は修理人の腕の良し悪しが大きかったものですから。腕が良ければちゃんと蒸気の霧がでる、悪かったら霞が出て直らない、と」

そういうことならぼくは自信を持って断言することができた。

「最高の霧が出ますよ」

「そうか、そうか。きみが言うなら安心だ」

地図をたたみながら、ぼくはネッドさんの様子をうかがった。昨夜の出来事はまるで夢のように思えたが、そんなはずもない。あれからどうなったのかを訊いてみたくもあり、口にすることが少しだけ怖くもあった。

ぼくの物言いたげな視線に気づいて、ネッドさんは片目でウインクをした。

次いで、ネッドさんはいささか奇妙な行動に出た。その場で片膝をついて、ジュリーさんの手をとったのだ。彼女は戸惑ったようにネッドさんを見返した。

「ジュリー。あなたのような素晴らしい人は、記憶を失う前にも後にも見たことがない。いつかすべてを忘れてしまっても、私はきっとまたあなたに恋をするはずだ。私と、改めて結婚してくれますか」

ひゃっ、とぼくの横で声があがった。口を両手で押さえたニトが耳を赤く染めている。気持ちはぼくも同じだ。聞いているこっちが気恥ずかしくなるくらいネッドさんのプロポーズは情熱的だった。

ジュリーさんは顔をしわくちゃにして笑った。けれどその笑顔は少女みたいに可憐だった。

「ええ、ええ。もちろんですよ。喜んで結婚します。でもおかしいわね、ネッド。こんな歳で結婚を申し込まれるなんて、若いころには夢にも思わなかったわ」

ネッドさんが立ち上がって、ジュリーさんに身体を寄せた。共白髪の二人がそっくりな笑みを浮かべている。

「だから人生は楽しいんだ。そうだろう？　それにまだまだ終わりじゃないぞ、私たちはこれからも二人で旅を続けるわけだからね。世界中を見て回ろう」

ジュリーさんは愉快げに、ネッドさんの手を握った。それはとっても楽しそうだわ、と。

ニトが手を叩いた。力いっぱいの拍手だった。ぼくもすぐに参加した。

「年甲斐もなく浮かれてしまってお恥ずかしいわ」

とジュリーさんは言う。

ニトがぶんぶんと首を振った。髪がぼくの腕を何度も叩いた。

「そんなことないです。とっても、素敵、です」

「あら、あら。ニトちゃんがそう言ってくれるなら嬉しいわ」

ジュリーさんは腰を落とし、ニトの手を握った。

「あなたも旅を楽しんでね。世界はずいぶん穏やかになってしまったけれど、美しさはそのままよ」

「……はいっ」

二人がそうして話している間に、ネッドさんはこっそりとワーゲンの陰（かげ）に行き、ぼくに手招きをした。なんだろう？

行くと、細長い布袋（ぬのぶくろ）を渡（わた）された。つい受け取ってしまう。

視線を向けると、ネッドさんは笑みを浮かべて言う。

「火吹（ふ）き棒だよ。これをきみに譲（ゆず）りたいんだ」

ネッドさんの言葉を理解して、ぼくはとっさにそれを差し返した。

「も、もらえないですよ、こんな立派なもの」

「そうだろう、そうだろう。立派だろう」

とネッドさんは満足げに頷（うなず）いた。いや、そういうことではなくてですね。

昨日、持ったからこそ、余計に分かるのだ。持ち手はすっかりネッドさんの手に馴染（なじ）む形になっていた。長い年月を彼と一緒（いっしょ）に過ごしてきた道具なのだ。そこには本来の値段以上の価値がある。どれだけお金を出そうと、宝石を並べようと、時間と愛着は買えないものだ。

しかしネッドさんはぼくの手を包み込むようにして火吹き棒を握らせた。

「実はね、私はきみの前にも異世界人に会ったことがある」

とっさに言葉は出なかった。

「どうしてだろうね、たくさんのことを忘れてしまったのに、いまだに鮮明に思い出せるんだ。父があるとき、ひとりの男を連れてきた。アルバートと名乗った彼は、ひと夏、我が家で暮らしたよ。ワイン作りを手伝いながら、絵を描いたり、乗馬をしたり、陽気な男だった。不思議な話をたくさん聞かせてくれた。そして、自分が異世界人であることを私だけに話して、ある日、姿を消してしまったんだ」

「それは……どうして？」

ネッドさんは首を振った。

「分からない。ただ、あのころ、異世界人はどの国も喉から手が出るほど欲しがっていた。彼はきっとどこかの国から逃げ出したんだと思う。だから私たちに迷惑がかからないようにしたんじゃないかな」

逃げ出した。なぜ、逃げたのだろう。国で保護してもらえるんじゃなかったのだろうか。

「この火吹き棒の柄はね、彼が私にくれたものなんだ。それを加工して、こうしてずっと持っていた。素材になる角を持つフォートは深い森の中に棲み、エルフだけが狩ることができると言われていてね。彼がどうしてこれを持っていたのか、今となっては分かりもしないが……」と、ネッドさんはぼくの持つ袋を見やった。「きみが異世界人だと聞いたときに分かったよ。これをきみに渡すために、私はここまで来たんだろう、と。異世界人から譲り受けたものを、異世界人に渡す。それは私にとって意味のあることなんだ」

拳ごと押されて、ぼくはそれを突き返すこともできなかった。

「いいんですか？　大事なものでしょう？」

「大事だから、きみに譲りたいんだよ。私もいつか遠くないうちに消えてしまう。そうなればこれはどうなる？　ただの火吹き棒だ。より正確に言うと、火を吹かないただの棒になる。けれどきみが使ってくれれば、私の思い出も記憶も、きみが一緒に持って行ってくれるし、これは火吹き棒のままだ。素晴らしいことじゃないか」

お願いできるかい。

ぼくはネッドさんの言葉に、頷きを返した。

「良かった。さあ、次は分けてもらった魔鉱石の取引といこう」

ネッドさんがワーゲンの車体の横扉を開くと、後部座席があったであろう場所からは椅子が取り払われて、木箱やトランクが積み込んであった。脇には分割されたマットレスが重なっていた。夜にはあれがベッドになるのだろう。

脇には服や雑貨が吊り下げられていて、まるで自室のような落ち着いた空間だ。ちょうど目の前にあった小型のトランクの蓋をネッドさんが押し上げるように開いた。

「これが一推しなんだ」

中にはワインボトルが並んでいた。黒や濃い緑の瓶に、どれも色あせた紙が貼られている。

「うちで作っていたワインさ」

「ぼく、お酒は飲めませんよ？」

「この世界じゃ飲酒は十五歳から。ワインは百薬の長だからね、十歳から飲んだって大丈夫なくらいさ。それに、この子たちは飲まなくても役に立つんだ」

ネッドさんは並んだワインから一本を取り出し、そのラベルを親指でなぞった。

「これは四十三年物だ。あの年は葡萄が大凶作でね。仕込めたワインの数が少なかった。けれど味は格別に良い。私が初めてル・トワントをもらったときのワインだ」

「はあ」

こっちは、これは……と、ネッドさんが説明をしてくれるが、もともとワインのことはよく分からないので、なんだかすごそうだなという印象である。

ネッドさんは我に返ると、照れたように頭をかいた。

「いやあ、すまない。久しくワインについて語る機会もなかったから、熱が入ってしまった。とにかく、ここにあるワインはどれも自信作。こだわりを持つ人が見ればその価値が分かるはずだよ」

「ますますぼくがもらったんじゃ悪いですよ。味の良し悪しも分かりませんし」

「そうだね、きみは分からないかもしれない。でも、分かる人に出会うことはあるかもしれない。そのとき、きみがどうしてもその人と交換したいものがあったら、どうだい」

あ、とぼくは得心した。

「街へ行って漁ればお金も宝石もすぐに手に入る世の中だ。つまり、本当に価値のあるものは、同じ価値のもので交換するしかないということだね。そしてこのワインは、価値を知る人からすればなかなかに貴重だ。持っておくと役に立つかもしれない」

ネッドさんはいたずらっぽくウインクをした。

「……じゃあ、おすすめを頂けますか」

「ならこれだろう」

ネッドさんが選んでくれた黒い瓶のワインを一本受け取った。

それから、とネッドさんがもう一本、ワインをぼくに差し出した。

「これは素晴らしい助言への感謝だ。きみに出会えたおかげで、私は記憶以上に大事なものを失わずに済んだ——ありがとう」

5

ボイラーの予熱が終わるころに、ネッドさんとジュリーさんはワーゲンに乗り込んだ。ぼくとニトは見送りに立っていた。

「本当に助かったよ。きみたちがいなければどうなっていたか。楽しい時間も過ごすことができた」

「こちらこそ、いろんなものを頂きました。ありがとうございます」

「このまま道沿いに二日も行くとバルシアという街がある。必要なものがあればそこで揃えるといい」

「そうします。そろそろ、ベッドが恋しいので」

「私もだ」

ぼくらは笑いあった。別れのあいさつを切り出すタイミングを計るような、小さな間があった。その前に訊いてみたいことがあった。

「あの、ちょっとした疑問なんですけど。どうしてこの車の飾りはゾウなんですか？」

ネッドさんが子どものように明るい顔をした。

「きみもゾウを知っているんだな！　これで間違っていなかったのか、良かった！　これもあの人に教えてもらったんだよ。蒸気の家はゾウでないと、ってね。絵に描いて見せてくれたのさ」

合っていたんだな、良かった、良かった。と満足げに繰り返しているネッドさんには申し訳ないのだけれど、蒸気の家がゾウでないと、という意味はさっぱり分からなかった。けれどそれを言わない程度には空気を読めるのがぼくである。

「それじゃ、そろそろ出ようかな。きみたちも気をつけて」

「はい。お二人もお元気で」

ネッドさんが窓越しに手を伸ばした。ぼくはそれを握り返した。

助手席から身を伸ばすように、ジュリーさんが笑顔で手を振っている。ニトが振り返す。

唸るような蒸気音が響いて、ヤカンよりも力強いピストン音が大きくなった。ワーゲンはゆっくりと動き出し、ぼくらが通ってきた山道を登っていく。

後ろ姿はあっという間に木立に隠れて見えなくなった。

ワーゲンが去ると、辺りはまた木々の葉音だけになった。その静けさが寂しさに輪をかけた。

ぼくがヤカンに乗り込もうとしても、ニトは動かず、ワーゲンの後ろ姿を探すように立っている。

「――あっ」

山の奥で汽笛が響いた。誰が鳴らしているのか、考えるまでもない。

短く、二回。長く、一回。

短く、一回。長く、二回。

「……これは、なんて言ってるの？」

訊くと、ニトはぼくに振り返って明るく笑った。

「安全なる航海を祈る――船の汽笛合図です。あの、返事をしても良いですか」

ぼくはもちろんと頷いて、運転席を譲った。

ニトが駆け寄って運転席に小さな身体を収めた。

「これが汽笛。右に捻ると鳴るから」

メーターの右端に並ぶ小さなつまみを指差した。

ニトは「はい」と頷いて、少しばかり緊張に頬を赤らめながら、おずおずとつまみを捻った。

「わっ」

響いた音量にニトは肩を跳ねさせる。胸の前で両手を握りしめている。引き寄せた手を伸ばして、また汽笛を鳴らす。今度はしっかりとした動きだった。

何度も響く汽笛は山に反響しながら消えていった。ニトが手を離すとヤカンの汽笛も静かになった。

「今のはなんて意味？」

「……ありがとう。あなたたちも無事でありますように、です」

聞こえていると、いいんですけど。と、ニトが呟いた。

「聞こえてるよ。大丈夫」

ニトの想いはしっかりと受け取ってもらえたはずだ。

風が吹き抜けていった。木々の葉が揺れた。山間で陽光が千の粒を散らすように舞った。

すれ違いざまに、汽笛で旅の安全を祈り合う。それはもう二度と出会うことがないかもしれない相手への思いやりだ。そうして背を見送って、自らもまた旅を続ける。

なんだっけな、と思い返した。いつか教科書で見た記憶があった。やけに印象的な言葉で、何度も読み返したのだ。ぼくの記憶もまた薄れつつあったけれど、ようやく見つけることができた。ああ、そうだ。

「さよならだけが人生だ」

ニトがぼくを見返していた。

「ぼくの世界の詩なんだ」

ニトは口の中で味わいを確かめるように繰り返した。山道へ視線を向けた。そこにはもう見えない、あの二人の背中を探すように。

「寂しい言葉ですね」

「でも笑って見送ろう? なにしろあの人たちは新婚旅行(ハネムーン)に出発したんだからね」

It's time to say goodbye, but I think goodbyes are sad and I'd much rather say hello
Hello to a new adventure.

圏外　15:11　34%

< MEMO

魔力崩壊

いまだにぼくは理解しきれていない。ある日を境に、世界中であふれた魔力が人や物を結晶にしてしまうようになったという。つまり世界終末の始まりってことだ。なにが原因でそんなことが起きたのだろう。きっとすごい混乱だったろうな。

See you later, Fantasy World. We hope that Tomorrow comes again

幕間「焚き火のためのスカーレット」

ネッドさんは二日ほどでバルシアに着くと言っていた。少なくとも明日には着けるだろう。ニトがいつものように絵を描いているうちに夕暮れも近くなったので、そのまま小川のほとりでキャンプとなった。

二人で拾い集めた枯れ枝の山から小ぶりなものを選んで、ナイフで削って小さな木屑を作った。その上に細い枝や落ち葉、すっかり水分の抜けて軽くなった倒木の破片なんかを乗せてマッチで火をつける。

最初の種火を大きくするのにはコツがいるが、さすがにもう慣れた。石で囲んだだけの即席の竈に火を移せば、これが今日のキッチンだ。

布を敷いてあぐらをかいて、細長い布袋の口を解く。中には二つに分解された火吹き棒が入っている。継ぎ目を合わせてネジのように回せば、元どおりの一本になる。持ち手は滑らかに手に吸い付いて、ずっと触っていたくなるような魅力があった。ネッドさんから譲り受けた火吹き棒である。

「……にやにやして気持ち悪いですよ、ケースケ」

「……ごほん」

しゃがんだまま、ニトがじとりとぼくを睨んでいた。顔に出ていたらしい。咳払いで誤魔化して、火吹き棒の先を焚き火に向けた。息を吹き込むと、煽られた火が大きく燃え上がった。

あたりには夜の帳がゆっくりと降り始めていた。もうすぐこの焚き火に頼りきりになる。その前に薪木をもっと用意しておきたかった。

火吹き棒を置いて、代わりにひと抱えもある流木を引っ張り寄せた。川のそばで見つけたもので、腐り落ちた太い枝か、細い幹なのだろう。すっかり乾いていて、薪木にするには最適だった。

バックパックから手斧を取り出した。革の手袋をはめて、刃を覆うカバーを外す。

膝立ちになって、両手で斧の柄を持って、何度か振り下ろす練習をする。亀裂に当てればうまく半分になると思う。

ニトがじいっと斧の先を見つめている。あまりに真剣な様子なので、ぼくまで緊張してきた。おかしいな、失敗できない雰囲気になってきたぞ。

ぼくは念入りに軌道をたしかめて、深呼吸までしてから、一気に斧を振り下ろした。刃は狙い違わず食い込んだ。流木はほとんど半分に割れていて、手前の方がわずかばかりに繋がっている。

「おぉ……」

ニトの感心した吐息に、ぼくは安堵と同時に達成感を感じた。いや、ただの薪割りなんだけれども。女の子がいるとつい張り切っちゃうのが男の悲しい性だ。

何度か地面に叩きつけるようにして流木を半分に割った。それを寝かせて、また斧を振り下ろす。叩いて、割る。同じことを繰り返して薪木の束を作った。

木箱から調味料のトランクを引っ張り出しながら、晩ご飯をどうしようかと考える。

そろそろ生肉を保存するのも限界が近い。今日で使い切るべきだろう。ここ数日は肉ばかりだった。今日も肉かと、気が重くなる。缶詰生活だったころはあれほど欲しかった肉なのに、自分の胃袋ながら我儘だなあと苦笑するしかない。

缶詰を使ってなんとか工夫できないものかと頭をひねって、ふと思いついた。バックパックの中から手帳を取り出した。

「ニト、お願いがあるんだけど」

ぼくが手帳を差し出すと、すぐに察したらしい。

「レシピを探したらいいんですね？」

「そう。ぼくじゃもう手詰まりなんだ」

それはヴァンダイクさんから預かった手書きのレシピ帳だった。この世界の文字なので、もちろんぼくには読めない。

「お肉料理、ですよね」

「ああ、肉料理だ」

これはどうですか、とニトが要点を読み上げてくれる。必要な材料がなかったり、道具がなかったり、ぼくには手順が難しかったりして、何度かパスをする。それでようやく、これならいいぞというものが見つかって、調理にとりかかった。

缶詰から取り出した食材を切っていると、ニトがぼそりと言う。

「……すみません。いつも料理をしてもらって」

「どうしたの急に」

「料理も運転も、火熾しも水の補給も、ぜんぶやってもらっているな、と思って。役立たずで申し訳ないです」

やけに堅苦しいことを言うね、と笑い飛ばそうと思った。ニトを見た。真剣な目をしていた。ぼくは笑いを押し込めた。ふざけた言葉で受け流して良いときと悪いときの区別くらいはつけられた。

「ニトがいるおかげで、ぼくはまともに食事を作っているし、こうしてレシピを読んでもらえるから新しい料理もできる」

「それ、あんまりわたし、必要ないのでは」

「とんでもない。ぼくひとりだったら食事なんてこだわらないよ」

しかしニトがいることで、ぼくは責任を感じていた。あまりみっともない生活はできないという意識が、ぼくを比較的真人間に成長させている。

それになにより、孤独じゃない。それがどれだけぼくの精神に影響を与えているか、ニトにはわからないだろう。

「それに、ニトのおかげでこの車が動いてるんだから。出資者みたいなものなんだし、どっしり構えてなって」

「たしかにお金は、出しましたけど」でも、とニトは言う。「街に行けば、お金も宝石も、いっぱいありますよね？」

「……ふむ」

たしかに街に着けば、銀行もお店も家もある。住む人はもう誰もいない。そこから集めてニトに渡せば、借金を返すことは簡単だった。

「車も、あるでしょうし」

ぼくらは水上の廃駅で出会って、状況に流されるようにヴァンダイクさんの工場に着いた。お互いの利害が一致したから、同じ車に乗って旅をしていた。けれど街に着けば、その利害は解消される。

少なくとも、ぼくはお金を、ニトは車を手に入れられる。一緒に旅を続ける理由はなくなる。

ぼくは驚いた。そんなことを考えもしなかった自分にだった。いつの間にか、ニトとの旅が当たり前の日常になっていたのだ。出会ってからの日は浅いのに、もう何ヶ月もこうしている気分になっていた。

「そう、だね」

なんとか絞り出した返事はそれだけだ。なにを言うべきかはわからないでいた。

ニトがレシピを読み上げて、ぼくはその通りに作る。それ以外に会話はない。焚き火の明かりに照らされながら、ぼくらは食事をした。食器の鳴る音が会話代わりだった。

簡単な片付けを終えれば、あとは寝るだけだ。ぼくはテントで。ニトはヤカンの後部座席で。あとはいつ、どちらが先にこの場を離れるか、というだけだった。

焚き火の前に座って、ぼくはお湯を飲んでいる。たまに火吹き棒の先で薪木を動かして火の世話をする。

ニトはぼくの隣（となり）に腰（こし）をおろして、カップを両手で包んだまま、飲みもせずに火を見つめている。

この世界の夜はどこまでも深くて、辺りには人工的な灯（あか）りはひとつもない。柔（やわ）らかに投げかけられる月の光と、目の前の焚き火だけが心の拠（よ）り所だ。

焚き火は薪（まき）を入れ、火を燃やし続けないとすぐに消えてしまう。それはあっけないほど簡単なことだ。絶やさない、ということは、難しい。自分の気持ちと同じで。

「ニトはさ」

と、声が聞こえた。それはぼくの口から漏（も）れていた。隣で、ニトが身じろぎした気配があった。

「どうして黄金の海原（うなばら）を探しているの？」

ニトのお母さんが絵に描いていた場所。何度も話してくれた、世界一うつくしい海。

思い出の場所だから、という理由だけで、果たしてひとりで旅に出ようと思うだろうか。

返事はなかった。焚き火の中で赤々とした小さな枝がひとつ燃え落ちるころに、ニトが言った。

「母は、よく旅の話をしてくれました。あちこちへ行ってたくさんの絵を描いたって。そのころはまだ手帳が何冊もあって、母はたくさんの絵を見せながら、ひとつひとつの思い出を物語みたいに語ってくれたんです。わたしは、部屋から出られなかったから」

ぼくの疑問を読み取ったのか、ニトは気の抜けた笑顔を見せた。

「わたし、ほんの少し前まで、病人だったんです」

「……見えないな。口も悪いし」

「それは関係ないです。強いて言うなら生まれつきです」

じとりと睨まれた。冗談だったのに。

「魔力欠乏症候群っていうんです。知ってますか？」

「いや、初めて聞いた」

そうでしょう、とニトは胸を張って見せた。どこか自慢げに言う。

「どんなお医者さんに見せても、原因がよく分からなかったんです。ただ、生まれたときから周りにたくさんの魔力がないと動くこともできなくて。部屋のなかに魔鉱石をいっぱい置いて、じっと安静にして、それでようやく生きていられるような病気です。蒸気自動車とそんなに変わらないんですよ」

ニトは自分の冗談に笑って見せたが、ぼくはまったく笑えなかった。聞くだけで分かるほどに、命に関わる重病だ。

「……でもいま、めっちゃ元気だよね？」

「魔力崩壊は、要するに世界中のあちこちで魔力が過剰に溢れてしまうわけです。わたしは、魔力が足りなくて死にそうだったんです」

ああ、と声が漏れた。

ニトはぼくの考えを肯定するように頷いた。

「魔力濃度があがったおかげで、わたしはこうして出歩けるようになりました。世界が滅びたおかげで、わたしは自由になれたんです。皮肉な話ですよね」

どう答えたものか、と頭を悩ませた。ニトはそんなぼくに構わずに話を続けた。

「話が逸れちゃいましたね。昔のわたしはずっと部屋にいるしかなくて、本を読んだり、お母さんに絵を教えてもらったりするばかりでした。なによりも、お母さんの旅のお話と、手帳に描かれた絵が大好きでした。毎日、毎日、何度もお話をしてってお願いしました。その話をしているときのお母さんが、いつも幸せそうだったから。でも」

次の言葉が出てくるまでには、いくらかの時間が必要だった。

ニトは膝を抱えたまま、揺らめく焚き火を見つめた。

「――たぶん、ぜんぶ、嘘だったんです」

と、彼女は言った。

「わたし、お母さんが絵を描くところを見たことがないんです」

「……教えてもらってたのに？」

「わたしの絵を見て、もっとこうしたらいいよ、こんなやり方があるよって言葉で教えてくれるだけで、思えばそれは本に書いてあるようなことです。手帳以外で母の絵を見たことはありません」

否定できる言葉はいくつも見つかるかもしれない。たとえば、昔は描いたけれどそのころは描かなくなっていたとか。けれどそれはニトにだって簡単に思いつくことで、むしろぼく以上にそうした理由を欲しているのは間違いなかった。

「母が亡くなって、父は母の手帳を処分しました。母が絵を描くところなんて見たことがない、って。骨董屋で見つけた手帳を買って、そういう作り話をしたんだろうって。そのときは、わたしも必死に否定しました。でも、今はよく分かりません。やっぱり、わたしのために母が作ったおとぎ話だったのかなって思います」

だから、とニトはぼくを見た。かすかに細められた瞳はニトの年齢にそぐわないほどに大人びた光を湛えていた。

「あれが母の作り話だったのかどうか、本当のことを知りたいんです。嘘なら嘘で構いません。わたしのためにしてくれたんだって、分かります。ただ、こんな、疑ったり、信じたり、落ち着かない気持ちのままで、死にたくないんです。はっきりさせたいんです」

死にたくない、という言葉が、これほど鋭利に胸に刺さったのは初めてだった。自分よりも歳下の子が平然と口にする言葉には思えなかった。ニトはそれを当たり前のように受け入れていた。

避けようもないその日が来てしまう前に、心残りをなくしておきたい。余命宣告をされた人間が、死ぬまでにやりたいことを手帳に書き込むようなものだった。

それがこの世界の現状なのだと強く思わされた。同時に、ぼくもまたその世界に属している事実が現実味を伴わないままにそこにあった。

「……きっとあるよ、黄金の海原は。お母さんの嘘じゃない」

「……そうですか？」

「そうだよ」

ぼくは強く言い切った。根拠はなにもなかった。気休めだと自分で分かっていた。だから言葉だけは強くするしかなかった。意味がないとしても、そうすることしかぼくにはできない。

ニトは口元に笑みを浮かべた。そうですね、と頷いた。

ぼくは言葉を探していた。もっと言うべきことがある気がしたけれど、ぼくの中で見つかる言葉はどれもあまりに空虚だった。思ってもいない声を発しても、それはただの音の波だ。鼓膜を震わせるだけで、心には届かない。

自分がそうだと信じていないのであれば、尚更だった。

この世界は広くて、人はどんどんと消えていて、ゆるやかな足取りで、けれど揺らぎようもなく滅びに向かっている。

こんな状況で旅をすることにどれほどの意味があるのだろう。何かを探して、求めて、何になるのだろう。いつ自分が、あの白い結晶になって死んでしまうかも分からないのに。

ぼくは黒衣の男を探すために旅をしている。

けれど本当に見つかるとは、思っちゃいない。その他に何もなかっただけだ。ぼくが生きる理由も、この世界にいる理由も。

くだらない自分探しの旅みたいなものだ。現実から目を背けて、逃げるように移動し続けるだけ。こんな世界で生きることに、意味なんてものはもう存在しないのだから。

「そろそろ寝ようか」

「……はい」

それでも、ニトの探し物が見つかってほしいなと思う。黄金の海原。地図に存在しない、世界一うつくしい場所。もしかしたら、お母さんの作り話かもしれない場所。

本当にこの世のどこかにあるのであれば。ぼくもまた、それを信じられるだろうか。

See you later, Fantasy World. We hope that Tomorrow comes again.

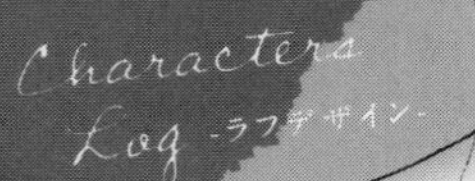

さよなら異世界、またきて明日

旅する絵筆とバックパック30

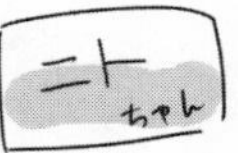

フード付きジャケット
カーキー色はどの色にもあわせやすく、
着替えのスカートにもバリエーションを出しやすいかなと。
花の刺しゅうで女の子らしさを。

胸元の飾りつけはなしにすると、
あどけなさとちょっとすきがあるかんじになる…？

ダボダボコート × ゆるふわスカートのギャップ

袖

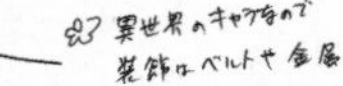

ニト

ラフデザインが届いた時点ですでに完成されていました。
作者のチェックを入れるという作業だったので
「マジ超良いっす！　にもし先輩ぱねえっす！」と答えました。
作者の初期イメージよりもさらに可愛く、表情豊かな子になったと思います。

“かにぼし”ロゴデザイン

かにぼしとは風見鶏と
にもしさんのコンビ名です。
嘘です。僕の原案をにもしさんの超常的な
力によってレベルアップして頂いた、
ケースケの服のロゴです。
でもせっかくなので、
僕が蟹を担当しますから、
にもしさんには星をお願いしたいですね。
二人はかにぼし!

✿ 雨具も兼ねているのでパーカー有です。
(ニトちゃんとは形状違い)
✿ 暖色多めで落ち着きのある印象に。
登山ファッションのイメージを強くもたせたほうが
いいかなと思いましたので装飾などは
つけない方向性にしてみました。
ごくごくフツーなかんじ。

ケースケ

これは作品全体に言えることですが、
にもしさんのイラストのおかげで
柔らかな光が差し込んでいます。
ケースケもイラストがなければ
もっと暗いやつでした。
にもしさんがそれだけ暖かな目で
世界を捉えているのではないかと思います。

第四幕「遠く霞んだファンタム・グレイ」

1

街があった。目にも鮮やかなオレンジの屋根が折り重なって見える。小山が裾野を広げるように建物が連なっている。

土を踏み固めただけの簡素な道は整備もされないままに穴ぼこだらけになっていて、すぐにタイヤがはまり込み、スピードを出せば車体が跳ね上がるような有様だった。それも街が近づくにつれて石畳で舗装され、ヤカンの乗り心地がぐっと良くなった。

街を囲う柵や壁があるわけでもなく、内と外を明確に区切る門もなく、道沿いに家や古びた小屋がぽつぽつと並び始めたかと思うと、見えない境界線があったみたいに一気に景色が変わった。

「……誰も、いませんね」

ニトが窓に額を寄せていた。

左右の家のほとんどは出入口が木板で塞がれていた。たまに、扉や窓が打ち破られて中の様子がうかがえる家もあったが、どこも薄暗く、それでいて生活の名残が見て取れた。人の姿は影すらもないのに、たしかに住んでいた気配だけが残る街には、不気味にも思える雰囲気が漂っている。建物はいまだ風雨に朽ちてもいないし、廃墟と呼ぶには綺麗すぎた。

スロットルレバーを戻して車の速度を落とした。ヤカンはのろのろと歩くように進む。辺りの景色はまるで映画の舞台のようだった。そこにあるべき人の存在がないことが、ぎっしりと並んだ街並みに現実感を失わせていた。

それはこれまでに何度も感じてきた違和感だった。地面から足が浮いてふわふわと揺れる、眩暈にも似た奇妙な浮遊感だ。そういうときには決まって頭がぼんやりとして、視界に入っているはずの現状をしっかりと認識できない。

自分の居場所を確かめるように念入りに辺りを見回していると、ふと二階建ての家に目が止まった。玄関には両開きの大きな扉があって、片方だけが外れて倒れていた。

正面を通り過ぎたとき、真昼の陽光が店中の商品を照らしていた。服だ。

ぼくは車を止めて転換レバーを引いた。ヤカンはバックを始めた。

「何かありました？」

「替えの服が欲しかったんだ。できれば着心地の良いシャツが」

「いま着てるシャツも素敵ですよ。よれよれで」

「そりゃどうも」

サイドミラーを見ながらハンドルで調整して、店の真ん前でヤカンを停めた。ドアに付いたハンドルをぐるぐると回して窓を開ける。

「……降りないんですか？」

「何か異常はないかと思って」

まだ出会ったことはないけれど、悪いことをする人がいないとは限らない。とくにこういう街では、生き残っている人が息を潜めている可能性はありうる。万が一にもヤカンを奪われたり、ニトに危害を加えられたりすることは避けたい。

耳をすませて待ってみたが、物音は聞こえなかった。注意して見回しても、辺りに人影もない。ぼくはドアを開けて車を降りた。

首を伸ばして店内を覗くと、厚ぼったいコートや作業着が飾られているのが見えた。

「カシミヤはなさそうだ。ニトも来る？」

「……いえ、お土産だけお願いします」

「じゃあ見張りよろしく。何かあったら汽笛を鳴らして」

店の前には二段ほどの階段があった。足を乗せると、みしりと鳴って踏み板がたわんだ。

倒れた扉を乗り越えて中に入る。ハンガーラックに服が並んで狭い通路を作っている。薄上に手を伸ばせば届くあたりにも木の棒が渡されていて、そこにも服がかかっている。薄暗い店内は埃とカビた布のにおいがした。

手近な服を手に取ってみると、使い込まれた様子がある。時間が経ったからではなくて、誰かが着古したものに思えた。どうやら古着屋らしい。

服は大量にある。その中から自分の欲しい服を探すのは大仕事になりそうだった。久しぶりのウィンドウショッピングを楽しいとは思えそうにない。

奥まったところにカウンターがあった。ランタンと、金属の箱と、卓上用の大きなミシンが置いてある。ミシンには布が挟まれていて、針が刺さっていた。ついさっきまで縫っていたようにすら見えた。

奥へ続く通路は生活スペースにつながっているのだろう。カウンターを回り込んで、ぼくは息を呑んだ。

ミシンの前には丸椅子がひとつ置いてある。その上に白い結晶が山になっていた。椅子の足を包むように黄色のワンピースドレスが落ち掛けていた。裾から、先の丸い靴が覗いている。

そこにある服から、着ていた人のことは分からない。思い出もなにもなく、ただ砕かれた水晶になるだけだ。そしてそれを悼む人すらもういない。

この世界に生きる人たちの日常は、どうしてこんなにも簡単に半ばで途切れてしまうのだろう。

鉄串を刺し込まれたみたいにこめかみが痛んだ。膝からすっと力が抜けて身体が揺れた。とっさにカウンターに手をついた。

がしゃん、と何かが落ちる音。貧血にも似ためまいがようやく過ぎ去って、ぼくは目を開けた。床に落ちて蓋を開いた金属の箱と、飛び出した紙幣や硬貨が見えた。

ああ、お金か。そうだ、ニトに修理費を返さないと……。

ぼんやりと思考が動いた。しゃがんで手を伸ばしたとき、外から汽笛が飛び込んできた。間髪をいれずに二度目の汽笛が鳴った。靄のかかった意識が途端に晴れたようだった。

ぼくは急いで立ち上がった。今度は膝から力が抜けることもなかった。

並んだ服の隙間を身体を斜めにして走り抜ける。引っかかったハンガーラックを突き飛ばしながら扉の外に出た。薄暗い店内に慣れていた瞳は刺すような日差しにすぐには対応できなくて、思い切り目を細めても開けてはいられなかった。手で目をかばいながらヤカンに駆け寄る。

「ニト！」

窓に手をかけて呼びかけた。ニトは助手席から運転席に倒れこむように上半身を伸ばして汽笛のつまみを捻っていた。その体勢のままぼくを見上げている。

「ケースケ、あれっ」

と、ニトがフロントガラスの向こう、車の真っ正面に延びる道の先を指差していた。

真昼の日差しは石畳で照り返され、輪郭すらおぼろげになるほどに白く染まっていた。そこに人影が立っていた。ようやく瞳が光の調節に慣れると、地面にまで広がるドレスの軽やかな緑が分かった。女性だった。

「……魔女？」

思わず口をついて出たのは、立ち姿があまりに現実離れして見えたからだろうか。誰も彼もいなくなった街の道のど真ん中に立つ姿は、風が吹けば次の瞬間には消えてしまいそうな予感すらあった。

ふっと長髪が揺れたかと思うと、女性は道を横断するように歩いて行った。

「ケースケ、追いかけましょう！」

ニトの呼びかけに意識がはっきりとしたかに思えた。魔女であればぼくらの目的に適うし、魔女ではないにしてもその手がかりを訊ねることができる。

ヤカンに乗り込んで、スロットルレバーを押し上げた。

2

街中をぐるぐると回っていたけれど、本当に夢だったみたいに女性の姿は見つからなかった。ついに日が暮れ始めて、道のあちこちに家々の影が脚を長く伸ばした。

街灯も家の灯りもない街並みはただひたすらに暗くなり始めていて、木々や草花もないという点では、森の夜よりもさらに物寂しい、冷え切った無機物の空気が流れている。

歩道沿いにいくつも並んだ鉄の車止めに車を寄せた。街灯は立っているがもちろん灯りはなく、ヤカンのライトだけが薄汚れた石畳と煉瓦造りの赤茶けた壁を照らしている。

「どこに行ったんだろうね、あの人」

「……家に帰ったんだと思います」

「そもそも、あれは本当に実在する人だったのかな」

「怖いことを言うのはやめてください」

ニトは抱きしめるように自分の身体に両腕をまわし、ぞっとしないという顔でぼくを睨んだ。

「街のどこかにいるはず、です。あの人が魔女かは分かりませんけど……」

ぼくとニトが見たのが現実の人なら、そりゃ街のどこかにはいるだろう。ただし手がかりはまったくない。車一台で闇雲に探すにはこの街ですら広すぎる。

「とりあえず、今日はどこか泊まるところを探そうか」

夕日も沈みつつある。完全な夜が来るまで時間はそう要らない。キャンプの準備をするには遅すぎるくらいだ。探すことに夢中になりすぎてしまった。

キャンプ場所に制限があるわけでもない。今この場でテントを設営しても良かったけれど、それにはニトが渋い顔をした。

「……この街で、泊まるんですか？」

「どこかの家でベッドを借りる？　宿屋とか見つけられたら快適だと思うけど」

ニトは窓に顔を寄せて、傍らの三階建てのアパートメントを見上げた。ぼくに顔を戻し、眉間にしわを寄せたままにぽつりと言う。

「……ちょっと、怖い、です」

「山の中で寝たこともあるのに？」

「それとはまた別の怖さというか、不気味さというか」

ぼくもまた窓から外を見た。気持ちはよく分かった。灯りも人の気配もなくなった人工物の群には独特の空気がある。窓や扉は整然と並んでいるが、ただただ真っ暗だ。

子どものころ、夏休みに祖父母の家に行くと、二階の端の物置部屋や、がらんどうの押入れが怖くてたまらなかった。何かがそこにいるんじゃないかと思っていた。出てくる何かの正体はべつに重要でもなくて、そんなことはありえないということだって分かっていて、それでもどうしても落ち着かない気持ちになってしまうものだ。

これまでに何度か、村や街で無人になった家を寝床にしたこともあったけれど、夜中にふと目が覚めて、誰かが部屋の前を通り過ぎたような気配を感じたことがあった。それは環境に影響を受けたことによる思い込みだとか、勘違いなんだろうけれども、やっぱり熟睡はできないものだ。

慣れない上にまだ年若いニトにすれば、ぼく以上に神経質になるのも当然だった。

ぼくはハンドルを握りなおし、スロットルレバーに手をかけた。

「魔女は明日また探すことにして、とりあえず街を出ようか」

「……すみません」

「実はぼくもちょっと怖かった」

ハンドルを切りながら速度をあげ、道のど真ん中を走る。乗り捨てられた蒸気自動車がそのまま残っていて、道幅がぐっと狭くなることもあれば、進路を塞いで完全に通れない場所もあった。スピードは控え目に、視界の先を確かめながらゆっくりと進む。

ドレス姿の女性を探すうちにぐるぐると街を回ったことで、いまどのあたりにいるのかはさっぱり分からないでいたが、道なりに進めばそのうち外につながるだろう。

ふと道が先細くなって、丁字路に突き当たった。左右に道が延びていた。深く考えることもなく左にハンドルを切った。

そのとき、がたん、と大きくヤカンが揺れて、一瞬ばかりの浮遊感があった。つぎには尻を突き上げるような衝撃が来て、ぼくは慌ててブレーキを踏み込んでスロットルレバーを引き下げた。ヤカンの屋根から跳ねるように一斗缶が落ちるのがフロントガラスの向こうに見えた。

残響のような耳鳴りは気のせいかもしれないし、車内にただよう静寂がそう聞こえたのかもしれない。

「……大丈夫？」

隣のニトに呼びかけると、まん丸くなった瞳がぼくを見返した。

「……驚きました」

「ぼくもだ」

車体は前のめりになって、フロントガラスを通した視界の半分近くが地面になっている。

石畳が割れ、土が見えていた。どうやらここだけ陥没していたらしかった。気づかずにヤカンごと前輪が落ちてしまったのだ。

　ヤカンのヘッドライトがかろうじて正面を照らしていた。ヤカンのルーフキャリアから落ちたいくつもの一斗缶が散らばる向こうに、ズレた断層のように五十センチほどの段差が見えた。頭を下げるように車体が斜めになっていて、後輪はいまだに平地に乗っているようだ。

　転換レバーを操作して進行方向を切り替え、ゆっくりとスロットルレバーを上げた。ヤカンの車体が重たげに動きだした途端に、ばきりと何かがへし折れる音と衝撃が響いて、ぼくはまた慌ててヤカンを止めることになった。

「あの」

　ニトがゆっくりと顔をぼくに向ける。

「……うん」

　ぼくはハンドルを握ったまま、ただ正面を見据えていた。

「いまの、音は」

「……うん」

「もしかして、なんですけど」

「……言わなくても、大丈夫。ぼくも同じことを考えてる」

「気のせいであってほしいと、これほど願ったのは初めてです」

しばらく動けないまま、ハンドルを握って座っていた。車内には気まずい沈黙があるばかりだった。

それでも現実は変わらないわけで、どこかで踏ん切りをつけて行動するしかない。

ぼくは身体をひねって、後部座席に上半身を伸ばした。ランタンを取り出してドアを開いた。

「このまま戻らなかったら警察を呼んでくれ」

「なんですかケイサツって？」

返事はしないまま、傾いた車体からわずかに飛び降りるように地面に足をつけた。宵の街にはぬるい風が吹いていた。ドアを閉めて、しゃがみ、ランタンを点灯させて、それを掲げるように立ち上がる。

ヤカンはまったく困った有様だった。

道路との間にはほとんど垂直の段差ができていた。ヤカンがそこに斜めに腹をこすっている。間に何かしらをかませてスロープにでもしなければ登れそうもない。

段差に足を掛けて上がり、ヤカンとオート三輪の間に歩み寄った。急激に傾いたことでヤカンの尻が上がり、オート三輪を牽引する金具が折れてしまったらしい。ヤカンとの接続部分がひしゃげていた。あるいはこの状態で、ぼくが無理矢理にヤカンを動かしてしまったせいかもしれなかった。

座り込んで、そのままに金具を眺めていた。

修理は無理だろうということは一目で分かった。取り返しのつかない失敗をしてしまったことは明白だ。顔から血が引いた。こめかみをぐりぐりと押さえた。

ドアが開いて、閉まって、おそるおそる歩み寄る足音がした。

「……ケイサツ、呼びますか？」

ニトの声に、ぼくは苦笑した。

「ぜひとも呼びたいね。無免許運転で逮捕されそうだけど」

金具がなくてもロープだけで牽引できるだろうか。オート三輪はニトの乗ってきた大事な車だし、荷物も積んである。ぼくがなんとかしないと。

「ごめん。もっと慎重に進めばよかった」

金具を挟んで対面側に、ランタンの真っ白い光の輪の中で膝に手を当てて覗きこんでいるニトがいた。

「道がこんなことになってるなんて予想できないです。仕方ない、と思います」

それでもハンドルを握っている以上、ぼくが気をつけておくべきことだった。何事もない道中で気を緩めすぎていたのかもしれない。

思わずため息が漏れた。魔女を探すどころか、すぐに動くこともできなくなってしまった。

両手を顔に当ててごしごしとこすった。

どうしよう。

こんな経験はしたことがない。解決方法を学んだことも、教えてもらったこともない。どうすれば良いのかがわからない。世界はもう滅んでいる。助けてくれる人は見つからない。ぼくは、自分で考えるしかない。答えはどこにも落ちてはいない。

頭が痺れるような感覚だった。ぐるぐると渦を巻いて揺れるような気持ち悪さが襲ってきた。ぼくだけなら良かった。ひとりなら誰にも迷惑をかけない。失敗したって構わない。終わるタイミングだって自分で決められる。けれど今はニトがいる。彼女の命の責任を、ぼくは預かっていた。こんなにも単純で、こんなにも重要なことに、ぼくは思い至りもしなかった。

「ケースケ」

耳にまっすぐに飛び込んできた声に、飛び上がるほど驚いた。見ればいつのまにかニトが隣にしゃがんでいた。

「……大丈夫、ですか？　ケイサツというのはそんなに怖いんですか」

ニトが大真面目に言うものだから、思わず吹き出してしまう。

「なんで笑うんですか。失礼です」

ニトは頰を膨らませて眉を怒らせた。

こんな状況でぼくが顔を覆って座り込んでちゃ不安にもなるだろう。ニトの前で落ち込んでる場合じゃなかった。

意識を改めるために顔を叩き、ぐいっと頰を上げて笑って見せた。

「もちろん大丈夫」ええと、そうだな、と言葉を探した。「とりあえず、ご飯にしよう」

解決方法も思いつかないし、このまま座り込んでいても心配をかけるだけだ。ひと息いれて自分の気持ちを落ち着けたかった。

食欲はなかった。それでも自分にとって馴染みがあって、やり方がすっかり分かっていることを考えるのは気が楽だった。

ニトは返事に困ったようにも見えたけれど、やがて頷いた。

後部座席のドアはちょうど段に差し掛かっていて、車体は斜めだけれども、荷物を取るのに不便はない。車体が窪地に落ちたときに荷物もいくらか乱れていた。片付けもほどほどに、調理器具を詰めた木箱とバックパックを運び出した。

勝手知ったるという様子でニトが丸めた敷布を取って地面に広げてくれた。

あたりはすっかり夜の帳に覆われてしまっていたが、ヤカンのライトが前方を明るく照らしてくれている。手元はランタンで間に合う。

後部座席に顔を突っ込み、前席のシートとの間に詰めた箱から缶詰を漁る。

その間にニトは窪地に降りていた。ヤカンのライトに映し出された影絵が大きく伸びている。一斗缶に歩み寄ると、中身の有無を確認する。空だったらしいひとつ目をヤカンの脇に置いて、二つ目を重たげに引っ張り起こした。両手で持とうとするがぴくりとも上がらない。

缶詰を敷布に置いてぼくも窪地に降りる。

「代わるよ」

「無念です……」

「いつかこの一斗缶を見返してやろう」

一斗缶を敷布の近くまで運んで、靴を脱いであぐらをかき、木箱からスペアを取り出した。

スベアに火をつけてフライパンを載せ、油を垂らして温める。円筒形で平べったい缶詰を開けると、中には鯖のように肉厚な魚の切り身が詰まっている。それをふたつ、フライパンの中へあけた。木べらで叩いてほぐすように炒めていると、すぐに香ばしさが立った。

円筒形で高さがある缶詰はホールトマトだ。スベアの火を弱めて、鯖と混ぜ合わせながらじっくりと煮込む。

調味料を詰めたトランクを開けて、少しの砂糖とひとつまみの塩、多めに粉末スープ、三種類ほどの香辛料は目分量で振り込んで混ぜる。

鯖缶の汁とトマトの水分が煮詰められ、そのうちにどろりとしたソースになってふつふつと泡を立て始める。

一斗缶から水を片手鍋に注いで、フライパンと交代させて強火にかける。鍋底を照らす光が漏れて、手元がぐっと明るくなった。

ちらと目をあげると、膝を抱くようにしゃがんだニトが鍋の水面を見下ろしている。

その表情からは何を思っているのかは読み取れない。怒っているだろうか。あるいは落胆だろうか。どちらでも仕方のないことだった。

もっとうまくやれたら良かったのにな、と思う。今さらなにをどう後悔しても取り返しはつかないと分かっているのだけれど、どうしてもそう考えてしまう。

そのうちに底から水泡がいくつも浮き上がってくるようになって、どんどんと数が増えていく。

塩をひとつまみ入れてから、長方形の缶の蓋を開いた。そこには黄色い乾燥パスタが入っている。ひとつかみで一人前、ふたつかみで二人前、持ち上げたそれを半分に折った。片手鍋に入れるには長すぎるからだ。手のひらから鍋に少しずつ滑り落とす。外袋に茹で時間の表記が書かれているわけもなく、時間を測るのも、決めるのも、自分でやるしかない。腕時計の画面をストップウォッチ機能に切り替えてボタンを押した。

鍋の中でパスタはゆっくりと沈み、沸騰する泡もおとなしくなった。見つめている先でまた泡が強く湧き始める。

「絵を、描いていると」ニトが突然、ぽつりと言った。「思ったように描けないことばかりなんです」

話題は突然だったが、それはニトもこの沈黙を気まずく思ったからなのかもしれない。

「あんなに上手なのに？」

「わたしなんてまだまだです。いっぱい描いてきたから、上手そうに見せるやり方を他人より知っているというだけで」

やけに深いことを言うなと苦笑した。ぼくにはニトの言いようがよく分からなかった。

彼女の絵はすっかり芸術みたいで、美術館に飾られていたって違和感は覚えないだろう。一芸に取り組んでいる人だけが分かる領域の話なのかもしれない。

「油絵なら上から塗り重ねたり、絵の具を削り取ったりできます。でも水彩は塗り重ねるほど色が濁るし、紙の白を取り戻すこともできません。塗ったらそれっきりなんです」

「難しそうだ」

はい、とニトは頷いた。

「母に習っているころは、いつも失敗ばかりでした。うまく描けないことに拗ねて、描きかけの絵を途中で投げ出すこともありました。そういうとき、母は決まって言うんです。絵に失敗はないのよ、驚きを与えてくれただけ、って。昔は、意味が分からなかったんですけど」

ニトはちらと目をあげてぼくを見ると、眉をぎゅっと寄せた。

「思い通りにやれることは、すごいことです。でもそれは自分の想像の範囲内に収まっていて、描いていても予想外のことはないんです。綺麗な絵はできるけど、綺麗なだけで……ごめんなさい、うまく、言えないんですけど。失敗じゃなくて、驚き、です。ケースケも」

それでようやく、ぼくは気づいた。ニトは励まそうとしてくれていたのだ。

大人がするような、少しだけ持って回った比喩表現のような例え話でもあり、ただ不器用な遠回りでもあり、それがニトの慣れないながらも頑張ってくれた優しさを感じさせて、ぼくは吹き出してしまった。

「ニトは不器用に優しいね」

「褒めてますか、貶してますか？　返事は一回だけ聞いてあげます」

「もちろん褒めてる」

眉間にしわを寄せてぼくを睨む顔はほんのりと赤くなっていた。

気遣ってくれたことが嬉しかった。気遣わせてしまったことが情けなかった。ニトの前でうじうじと悩んでいるわけにはいかないなと、自分で自分の背を叩くような気持ちだった。

それはたぶん、年上だとか、保護者だとかではなくて、女の子の前では良い格好をしたいという単純な男心だった。ささやかな見栄でも効果はあって、気持ちは驚くほど軽くなっている。

フォークで鍋の中のパスタをぐるりとかき混ぜた。すっかりと柔らかくなっていて、水を吸った重みと、照るような光沢がある。腕時計を確認すると茹で時間も良さそうだ。一本取って味見をすると、少し硬めの良い加減だった。

トマトソースの入ったフライパンを持ち上げて寄せ、鍋からフォークで掬い上げてパスタを移す。お湯だけになった片手鍋を地面に下ろし、フライパンを載せ直した。ソースと絡めるように混ぜながら、温める程度に火を通した。

フライパンを火から下ろし、木箱から皿とフォークをニトに差し出した。

「さ、できたよ。鯖缶とトマトソースの特製パスタだ」

「そうですか、おいしそうですねっ」

まだ拗ねた様子を見せながら、ニトはぼくから食器をひったくり、フォークをフライパンに突き刺すようにしてパスタをごっそりと自分の皿に移した。

いただきますっ、と言葉を投げるように言って、フォークに巻きつけたパスタを頬張る。途端に眉をあげて目を丸くして、堪えるように目を細めた。

ぐううう、と、悔しそうなうなり声が出た。

膨らんだ頬をもぐもぐと動かして、飲み込み、何も言わずにフォークで皿の底をカツカツと叩く。

「おいしい?」

「すごくおいしいですっ」

怒っているのに素直な言葉が返ってきて、それにもまた笑ってしまう。

ぼくもパスタを皿に取り、ソースをたっぷりと絡めて口に運んだ。香辛料の尖った辛味や鼻に抜ける独特の香りが、トマトの酸味と甘みによって優しく包まれている。それが鯖缶の淡白な味に深みを加えていた。

この世界のパスタは粉っぽさと麦の風味が強くて、ぼくはあまり好きではなかったのだけれど、ソースにぴったりと合っていた。口いっぱいに頬張るほど、味わいが豊かに感じられる。

ぼくらはパスタを夢中で食べた。

世界が滅びかけていたって、街に人気もなく真っ暗だって、真横で車が窪地に頭を突っ込んでいたって、食事はこんなにもおいしい。

そんな単純なことに、どうしてか今、ようやく気づけた。

パスタを食べ終えても、まだ物足りなさがあった。ニトを見ても名残惜しげにフライパンを見つめていた。フライパンにはまだトマトソースが残っていた。

立ち上がって靴をつっかけ、ヤカンの後部座席を開いた。缶詰を探り、目当てのものを取って戻る。

持ってきた缶詰を見て、ニトが顔を明るくした。

スベアに火を入れてトマトソースを温め直す間に、他の缶詰よりも小ぶりな、正方形の缶詰を開けた。鼻につく独特な匂いと、深みのある黄色があった。チーズだ。

まな板に置いて、ナイフで半分に割った。片方を粗く刻んでフライパンに投入する。木べらで混ぜるうちにチーズは溶け出して糸を引く。

円筒形の缶詰を開けて、中から丸太のようなパンを取り出した。四等分にして、ひとつひとつに半ばまで切れ込みを入れる。残ったチーズも四つに切ってパンに挟んだ。

スペアからフライパンを下ろし、パンを直火で炙る。すぐに焦げてしまうので、横に振ったり、遠ざけたり近づけたりする。そのうちに持っているパンが熱を持ち始める。

すっかり両面がこんがりしたパンの切れ目を開くと、中に閉じ込めたチーズはふっくらとした温かいベッドのなかでとろりと溶けて角を丸くしている。表面は膜のようになっていて、ぷつりと刺せばチーズがマグマのように噴き出してきそうだ。

フォークでフライパンから鯖のほぐし身入りのトマトチーズソースをすくい取り、たっぷりとパンに挟んだ。ニトに差し出すと、きらきらした瞳で受け取る。

ぼくが自分の分のパンを炙り始めても、ニトはそれを両手で持ったまま、じっと待っていた。

「食べていいよ」

「……いえ。待ちます」

と言って、唇を嚙みしめて堪えている。

ようやくぼくの分を作り終えるころには、よだれが決壊するのではないかと心配になるほどだった。

ぼくがパンにかぶりつくのに合わせて、ニトも小さな口を思いきり開いた。

ざくっ、とパンを嚙みしめる音が同時に響いた。

んっ、という驚きの声も、鼻から息を吸う音も、満足をこめてそれを吐き出すところまで、ぼくらはまったく同じだった。

チーズだ。チーズがやってくれた。なんてすごいやつなんだ。チーズは万能だ。

ぼくは何度も頷いた。チーズの缶詰は貴重品なのだ。滅多に見ない。そもそもの生産数が少ないのかもしれないが、きっと誰もが早々に使い切ってしまうに違いないと思った。

ソースをパスタと絡めて食べたときには、トマトが全体を包み込んで爽やかな酸味と甘味があった。それが今では、チーズが全てをまとめ上げ、こってりとした旨味に表情を変えている。舌触りまで濃厚だ。パンに最高に合う。

具材はトマトと鯖のほぐし身だけで、それもフライパンに残ったものだ。ハンバーガーにもサンドイッチにも物足りないはずなのに、チーズを溶かし込んだだけで申し分なくメインを張ってくれる。どろりとしたソースと、パンのざくざくとした食感が口の中でたまらなく楽しい。

見やると、ニトは小刻みに身体を左右に揺らしながら目をぎゅうっとつぶって、口元には笑みを浮かべていた。見ているこっちが幸せになりそうな表情だった。

ああ、そうか。と気づいた。

これが幸せなのか。

こんなに簡単なことで、と思った。一緒にめちゃくちゃおいしいご飯を食べただけで満たされた気持ちになる。幸せだなんて言って、良いのだろうか。

滅びつつある世界で、消えてしまった人も大勢いるのに、幸せなんて感じていて、良いのだろうか。

夢中でパンをかじるニトを見ていると、悩みさえどうでもよく思えた。

空にはいつの間にか月があって、星があって、まるでぼくの世界と何も変わらない表情で光っている。

街はまっ暗で、ヤカンは穴に落ちていて、オート三輪との連結は折れてしまっていて。取り返しのつかない失敗だけれど、それはたしかに、驚きと言い換えても良いのかもしれなかった。穴に落ちなければ、きっとここで食事をすることはなかっただろう。

「ニト」

と呼びかけると、彼女は頰を膨らませ、口の端にソースをつけたまま、ひどくあどけない顔でぼくを見返した。つるりと丸いほっぺたを、スペアの火がちりちりと照らし上げていた。

なんですか、と問い返すように小首をかしげられて、どうしてか気恥ずかしくなった。

ぼくは首を振った。

「いや、なんでもない」

ありがとう、と素直に言う勇気が、まだちょっと足りないでいた。

3

昨夜はパスタと締めのパンまで食べるとすっかりお腹いっぱいになって、そうすると不思議と心も落ち着いて、今日はもういっかと早々に寝てしまった。

ニトはオート三輪の中で、ぼくはその横にテントを張った。ニトは相変わらず暗く沈んだ街並みに怯えていたが、フロントガラスを覆い隠すように敷布をかけることで、いくらか落ち着いて眠れたようだ。

ぼくはぼくで、どうやってこの窮地を脱するかを寝入るまで考えるつもりだった。ところが横になった途端に眠ってしまって、気づけばテントが朝日に明るく照らされていた。

結局、寝癖を手櫛で直しながら、寝ぼけ眼で行き当たりばったりの救出作戦に取り掛かることになる。

「まずは、荷物を下ろそう」

「荷物、ですか」

ヤカンの屋根には鉄の棒で荷台が作られている。その上に水の入った一斗缶、魔鉱石や缶詰の詰められた木箱、濡れても大丈夫な鍋や雑貨品が積んであって、ロープを掛けて固定していた。窪地に落ちた衝撃で荷崩れしていたが、その大半は残っている。

「行くにしろ戻るにしろ、軽くした方が都合が良いと思う」

「なるほど。頑張りますっ」

「握りこぶしを作ってやる気満々なところ申し訳ないんだけど、ニトは車内担当だ」

「……わたしの何が不満なんですか？」

「いや、重いからね？」

「わたしの方が重いです」

「比較の問題じゃないから」

「納得がいきません」

不満げな表情でぶつぶつと言いながら、ニトは車内の荷物の整理に取り掛かった。

「ぶつかって壊れそうなものを取り出してね。ネッドさんからもらったワインとか」

「はい」

ぼくは荷台に掛けた紐をといて、ひとつずつ一斗缶を下ろしていく。休憩を挟みながらやったけれど、すべてを下ろすころにはすっかりバテていた。

「それから、どうしますか？」

「どうしようか」

「……」

「考えてないんですかぁ信じられなぁい、みたいな表情はやめようね」

こうして明るい場所で見ると、状況がよりはっきりとわかった。

穴はほとんど道路の幅いっぱいにわたって円形に陥没していた。赤色混じりの土の断面が見えていて、ぼくの膝上ほどの段差ができている。

「……運が良かったですね。もっと深かったら大変でした」

ぼくは頷きを返した。脱出できないどころか、ヤカンが完全に廃車になってしまうところだった。

穴の中には割れた板状の石が何枚も落ちている。道路に敷き詰められていた石畳だったものだ。

「あの石をさ」

と道路の縁にしゃがんで指差した。

「はい」

ニトも隣にしゃがむ。

「ヤカンのタイヤのところに段々に重ねたら、いけそうじゃない？」

ニトは顎に指を当て、むむ、と考え込んだ。そしてぼくに顔を向け、難しそうな顔で言う。

「試してみるべき価値はありますね」

「あのさ。なんかわくわくしてない？」

「……ちょっとだけ。だって、冒険小説みたいです。ピンチを切り抜けるのって、心が躍ります」

「あ、そうですか」

ニトは頬をわずかに上気させて、鼻息までふんふんと忙しない。

ぼくの思っていた反応と違うな……この子、意外とたくましいな……そりゃそうか、ひとりで旅に出るくらいだもんな……いや、泣かれたり怒られるよりもずっと良いんだけれども。

「それじゃ、ま、運びますか」

「はいっ」

段差をぴょんと飛び降りて駆けていく後ろ姿に、昨日から気張っていたものが抜けていくようだった。

「失敗したと思ったんだけどなあ。楽しんじゃってるもんなあ」

その明るさに、救われる気持ちなのは間違いない。

ニトはさっそく一抱えもある石板を抱えて、よたよたと歩いてきた。それをヤカンの前輪と段差の隙間に置いて、ふうと息をつく。

「……なんで座って眺めてるんですか」

「良い天気だなあと思って」

「日向ぼっこはあとです」

「実はぼくは太陽の力で動いているんだ」

「じゃあ太陽が出てるうちに働いてください」

はやくはやく、と急かされて、ぼくも窪地に降りた。

板を運ぶのは重労働だったけれど、二つのタイヤの幅だけ段差が埋まれば良いと気づいたので、昼前にはそれらしいものができた。

「……大丈夫かな、これ」

「……大丈夫、じゃないですか？」

瓦礫で組んだ即席のスロープはかなり歪で、足を掛けただけで崩れ落ちそうな佇まいだった。

「まあ、一回だけ使えれば良いし」

「……どうせ運転するのはわたしじゃないので」

「おい本音が聞こえたぞ」

ぴすぴすと空気が漏れるだけの口笛を吹きはじめたニトを睨んだ。ぼくから完全に顔をそらしている。

しかしそれが事実なのも間違いない。ぼくがうまく運転しないと、またヤカンがバランスを崩してしまう。

段差の前にしゃがんで、頑張って作ったスロープを眺めるが、どうにも不安が残った。

「それじゃ危ないんじゃねえか？」

「ですよね。なんか崩れそうというか」

ぼくはあれっと顔をあげた。横に立っていたニトを見ると、ぶんぶんと首を左右に振っている。

慌(あわ)ててあたりを確認する。

「上だよ。上」

言われた通りに見れば、すぐ横手にある三階建てのアパートの窓に、ひとりの男性が上半身を出していた。口に咥(くわ)えていた煙草(たばこ)を取り、白い煙(けむり)を吐(は)き出して、ぼくにニカっと笑いかけた。

「どうよ、取引しないか」

すべてが突然の塊(かたまり)みたいになっていて、ぼくは話に付いていけなかった。ニトは慌てた動きでぼくの後ろに隠れた。

ぼくらの返事も待たず、男性は軽い調子で「とりあえずそっちに降りるわ」と窓から姿を消した。

不審(ふしん)者、なのだろうか。ええと、そうだ、武器、棒とか、あ、銃(じゅう)があったな。構えるべきか。

考えてはみても身体(からだ)は動かず、そうするうちにアパートの一階の扉(とびら)が開いて、大きなバックパックを背負った男性が出てきた。オート三輪の向こう側から歩いてきて、そこに荷物を下ろし、ぼくらの側(そば)にやってくる。ニトに掴(つか)まれたシャツが引っ張られる。

「そう警戒すんなって。おれはジャック。旅人だ」

「ケースケです。た、旅人です」

他に言い方も思いつかないので真似をしてみたのだけれど、何だか気恥ずかしくて声が小さくなってしまった。背後から「おぉ……」と感嘆するような吐息が聞こえた。

「ニト、です。旅人です」

「……自慢げだね」

ドヤ、という自慢げな表情がぼくを見返した。ニトとしては「旅人」という肩書きに感じ入るものがあったらしい。

ジャックと名乗った男性は腰を曲げ、ニトに向かってよろしくなと笑いかけた。気の良いおじさんという感じで、ぱっと見では悪い人には思えなかった。

「しかし大変だったな、きみら。夜に街は走らない方がいいぜ？　何が落ちてるかも分からないしな」

「……もしかして、見てました？」

「そらね。そこで寝泊まりしてたから」とジャックさんはさっきの窓を親指で示した。

「派手な音がしたから何かと思ったよ」

失敗を見られていたことが恥ずかしかった。穴があったら入りたい気分だ。あ、目の前にあったな、穴……。

「……見てたなら、声、かけてくださいよ」

「夜にこんなおっさんが声かけたら怪しいだろ？　子どもがいたし、警戒されるのも面倒だ」

子ども、という言葉が自分を示していることに思い当たったらしい。ニトが不満げにぼくの二の腕にがすがすと頭突きをした。どう考えても八つ当たりだった。

「じゃあなんで今さら……？」

「さっき起きたんだよ。それで様子を見てみりゃ、不安定な足場を組んで脱出しようとしてたからな」

ジャックさんは窪地に降りて、ぼくとニトが組んだ瓦礫の坂を矯めつ眇めつ眺めた。

「この蒸気自動車の重さじゃなあ。よほどうまくやらねえと崩れると思うぞ」

「うっ」

穴に突っ込んでしまったこともあって、運転に自信があるとは言えない自分がいる。それに足場が崩れそうだなという不安はぼくらも抱えていた。

「で、さっきの話なんだけど。取引」

「……望みはなんですか」

とりあえず話だけは聞いてみようと身構える。

ジャックさんは片手をぱたぱたと振って、

「大げさなことじゃないさ。橋にな、連れて行ってほしいんだよ」

「橋に？」

「この街から少し先に行ったところにあるんだよ、ソラルト橋っていうやつが。歩いて行くつもりだったが、ちゃんと動く車があるならそっちの方が助かる」

ぼくとニトは顔を見合わせた。無言の相談だった。

「乗せて行くだけ、ですか？」

「そ。後部座席でも屋根の上でもいいからさ」

悩んだのは少しの時間で、結論は早かった。

「わかりました。お願いします」

多少の怪しさは残るけれど、お互いのことを知らないのだから仕方ないことだ。橋まで乗せて行くくらいは大した手間でもない。いま大事なのは、ヤカンを安全に、できるだけ傷つけずに救出することだった。

「よっしゃ。じゃあよろしくね」

窪地から見上げるように差し出された手を、ぼくはおずおずと握り返した。

警戒している自分が間抜けに思えるほど気負いのない態度だった。これが大人の余裕というやつだろうか。

ジャックさんはシャツの袖をまくると、足元に落ちていた手ごろな石を拾い上げて、断面を見せている土を掘りはじめた。

「……あの、何をしてるんです？」

「ここ、粘土層なんだよ」

さも当たり前のように言われた。粘土層だったら、何だろう？

ぼくとニトは黙って見ているしかなかった。

ジャックさんは赤茶けた土を山盛りにした。それからあたりに散らばる小石や、石畳の破片を集めて土に乗せた。目ぼしいものがなくなると石板を叩きつけて砕いた。

「これ、水？　もらうよ」

ヤカンから下ろしていた一斗缶を取り、水を土と破片の山に注いで両手で大きくかき混ぜる。そのうちにだんだんと固まってきて、水気の多い巨大なパン生地のように見えてきた。

それを手で掬って、瓦礫の坂に叩きつけるように乗せていく。ジャックさんの手際は迷いがない。あっという間に瓦礫の段差が埋められて、滑らかな土の滑り台ができた。反対側も同じように作り上げると、一斗缶の水で手を洗って、袖を戻した。

「素人仕事だけど、一回登るくらいなら大丈夫でしょ」

「……あの、本業の方ですか？」

訊くと、ジャックさんは照れたように笑った。

「まさか。見よう見まねだよ」

見よう見まねでこんなことができるのだろうか。まだ水気は多いものの、ひと目で頑丈だとわかる土の坂だ。これなら何の不安もない。

「おっと、まだ固まってないからな。四時間はそのままにしとけな」

ずいぶんと長い待ち時間になりそうだ。

ぼくは持て余した暇にどうしようかと腕を組み、ニトは迷いもなく画材を詰め込んだリュックを取り出している。そんなぼくらを見て、ジャックさんは笑って、

「きみら、魔女に会いに来たんじゃないの？」

と言った。

4

この街の噂は有名で、訪れる人の目的はほとんどが魔女に会うためだという。かくいうジャックさんも、すでに魔女に会ったあとだった。

「魔女は質問に答える代わりに、こっちの大事なものを要求してくるけどね」

先導して歩きながらジャックさんが言った。

「……お金とかではなくて？」

「そ。基準はよく分からないんだけど。サンセットグレイの指輪って話もあれば、ぼろぼろの布の人形だったって話も聞いたかな」

金銭的な価値の有無ではなくて、思い入れとかをひっくるめて、個人にとって大事なもの、ということだろうか。

ぼくらが魔女を探していることを知ると、ジャックさんは案内を申し出てくれた。魔女の家というのがあって、それはここから歩いて行ける距離であるらしかった。

「魔女って本当に信用できるんですか？」

ジャックさんが訝しげにぼくを見た。どうやら常識的な知識らしかった。

「ぼくは異世界人なんです」

「あ、そうなの？　珍しいね。んじゃ知らないか」

想定外に軽い反応だった。異世界からやって来たのだ、と深刻に構えている自分がどんどん拍子抜けしてしまう。

「昔はね、魔術が一般的だったのよ、この世界。魔術師がいて、その教育機関もあって、貴族が偉そうにしてたわけ。ところが魔鉱石を燃料にした蒸気技術が発展して、貴族社会も崩壊、魔術師も減少、今では魔術が廃れちゃったのよ。蒸気の方が誰にでも使えて便利だし、安いし」

「……何というか、世知辛い話ですね」

「つっても、きみも他人事じゃないけどね」

「ぼく、ですか？」

「蒸気科学の言い出しっぺが異世界人なんだよ」ジャックさんはにやりと笑う。「当時、魔鉱石は『魔石』と呼ばれていてね。迷宮で魔力を蓄えたそれを利用することで、人々は慎ましく生活してたんだな。そして純度の高い『魔石』は何よりも魔術師が重宝した。魔術文明そのものを象徴していたわけだ」

朗々と、まるで講釈師のように淀みなく話すジャックさんに、ぼくらはいつの間にやら聞き入ってしまう。

「ところがある日やってきた異世界人が、これを燃やして燃料にしよう、と言った。それがどれほど冒瀆的なことだったか分かるか？　金を燃やして飯を炊くよりも狂気だ。なにしろ大事に使いまわしていた『魔石』を『魔鉱石』と呼んで、ただの燃料として跡形もなく消費するんだからな」

「革命的な発想ってやつですかね。価値観の転換というか」

言うと、ジャックさんがぼくを指差した。

「それだよ。その考えこそが異世界的なんだ。当時の人間にとって魔術は文明の中心だった。『魔石』を燃やすってことは、自分たちの積み重ねた生活、文化、過去を否定するってことだ。『効率が良いから』ってだけの異世界人の発想が世界を徹底的に変えたんだ。おれたちは前時代の文明そのものを踏みつけて興隆したのさ」

言わんとすることは分かるけれど、実感することは難しい。

ぼくからすれば、石炭を燃料にする古い時代のエネルギーと同じにしか思えない。きっと『魔石』を燃やして蒸気を作るという発想をしたその人も、深くは考えていなかったんじゃないだろうか。

「……ぼくは何もしてませんよ」

「ま、発端は異世界人でも、それを受け入れて乱用しまくったのはおれらだしな。とにかく、蒸気文明の全盛となったこの時代にも、ひっそりと魔術を引き継いでいた人らがいて、それが魔女って呼ばれてるってわけ」

「じゃあ、今でも魔術が使えるんですか？」

「らしいね。魔女に会えることは滅多にないんだけど、それでも伝説が古くからあるわけよ。魔女と取引すればどんな質問にも正しい答えをくれるって」

ニトに顔を向けると、頷きが返ってきた。ニトにも聞いていた話だけれど、魔女というのは本当に一般的な存在らしい。

「ガキのころに誰もが聞いたことがあるようなおとぎ話さ。勇者は魔女と取引をして、とか、強欲な商人が魔女を騙そうとして、とか。まあ、誰も魔術の真実なんて知らねえからさ。そんなことができるんだろうと信じてるわけだ」

都市伝説、みたいなものだろうか。カボチャを馬車に変えたり、姫に毒林檎を食べさせるのとは少しイメージが違うようだ。

「ジャックさんも会ってきた、って言ってましたよね。質問、答えてくれました？」

ジャックさんは肩越しにぼくを見て、唇の端を吊り上げるような、おおげさな笑みを浮かべた。

「――もちろん」

その笑顔の意味を訊ねる前に、ジャックさんは前を指差して「ほら、あれだよ」と言った。ぼくは首を伸ばしてそれを望んだ。

白壁の鮮やかな二階建ての屋敷があった。屋根は城みたいにところどころが尖っていて、格子付きの窓が左右対称に並んでいる。周囲は背の低い石塀が囲んでいたけれど、正門は開かれていた。

近づくほどにその様相が詳しく見える。ついに門までやってきても、ジャックさんは立ち止まることもなく足を踏み入れた。ぼくとニトはおずおずとその背を追った。

門扉からはまっすぐに石畳が続いていた。

円形の広場の中央に枯れた噴水がある。てっぺんにはライオンらしき動物の彫刻が勇ましい顔でこちらを睨んでいた。

屋敷の窓のほとんどは閉じられているが、一階の右手側がひとつ開いていた。風でカーテンが揺れている。そこから大音量で歌が流れていた。

オペラ、だろうか。澄んだ高音の響きがどこまでも際限なく伸びていくような、美しい歌だった。

ただプレーヤーの調子が悪いのか、音源が古いのか、波打つように音が小さくなったかと思えば、ぶつりと途切れたりもしている。

三段ほどの広い階段をあがって、正面玄関の扉をジャックさんが押し開けた。そのまま入ろうとはせず、ぼくらに道を譲る。

「右側の通路の部屋だ。歌が流れてるからすぐ分かるだろ」

「……付いてきてはくれないんですか？」

「おれはもう魔女に用がない」

肩をすくめて言われた。

ニトを見ると、こわばった表情で屋敷の中を見つめていた。

魔女に怯えているというより、ついに答えが分かることへの緊張に見えた。

黄金の海原があるかどうか――それはつまり、ニトのお母さんが嘘をついていたかどうか。

屋敷の中には埃の浮かぶ赤い絨毯が敷かれていた。正面には扇型に裾の広がる階段があって、踊り場には大きな風景画が飾られていた。右にも左にも通路が延びて扉が並ぶが、家の中で迷子になりそうなくらい特徴がない。

ぼくらはジャックさんの言う通りに右側の通路へ進んだ。

天井の高い通路には等間隔に並んだ細長い窓から光が差し、不思議なほどに明るく見える。進むほどに歌声は大きく、はっきりと聞こえるようになっていた。視界の先でひとつだけ、白いカーテンが風をはらんでいる。

部屋の扉はすっかり開かれていた。顔だけを覗き込ませた。

あまり広い部屋ではなかった。室内には窓がないために昼間だというのに薄暗く、ランタンがひとつきり、火を灯していた。

中央には長いローテーブルを挟んでソファが向かい合っていたが、そこには誰も座っていない。壁際にひとつ、キャビネットが置かれていた。その人は足の細い椅子に浅く腰掛け、自分の腕に頬を乗せるようにしながら、キャビネットに気だるくもたれかかっていた。

眼前には、黒い箱から咲いた白百合の花みたいにこうべを垂れた金属のラッパがあって、背筋に寒気がはしるほど美しい歌を奏でていた。

声をかけるべきか迷った。

部屋の中にはひとつの空気が満ちていた。歌のせいかもしれないし、彼女が作り出しているのかもしれないし、あるいはその両方だった。

窓から吹き込む風が勢いを増した。カーテンが音を立ててはためいた。

彼女はふと顔をあげ、ぼくらを認めた。どこか眠たげな瞳のまま、彼女は背筋を伸ばして立ち上がった。深緑色をしたドレスの裾が風に揺れた。昨日、古着屋の前でぼくらが見た姿に間違いなかった。

「――魔女？」

ニトがぽつりと呟いた。質問ではなく、自分で確かめるための言葉だった。

女性はかすかに目を細めた。暗い部屋の中で赤い唇だけが浮き上がって見える。

「──探しているものがあるんですね？」

ニトがびくりと肩を跳ねさせた。

「中へどうぞ」

女性はローテーブルの向こう側に置かれた一人がけのソファに腰を下ろした。

ぼくもニトもいくらか戸惑っていたが、このまま突っ立っているわけにもいかない。部屋におずおずと踏み入り、魔女と向かい合うように座った。

魔女は背筋をぴんと張り、揃えた足を斜めに伸ばしていた。膝の上に重ねられた指先まで行き届いて美しく、ぼくもつい姿勢を正してしまう。

「私が答えるのは」と女性が言った。「ひとつの質問だけ。答えは肯定か否定のみ。機会は一度きりです。良いですね？」

それはぼくにではなく、ニトに向けた言葉だった。どうしてかこの女性は、質問したいのがニトだと分かるらしい。

ニトは緊張のために背筋を固く伸ばしたまま、錆びた蝶番のようにぎこちなく頷いた。

「そして、質問の答えには対価をいただきます。あなたの大切なものをひとつ。持っていますか？」

ニトは再び頷いて、ずっと抱いていたものを見下ろした。

ジャックさんが魔女のところへ案内すると言ってくれたとき、ニトがヤカンから持ち出してきたそれは、お母さんの手帳だった。

「……本当にいいの？」

たしかに間違いなく、もっとも大事なものだろう。すべてはその手帳のために旅に出たのだ
ニトはぼくを見上げて頷いた。ぼく以上に悩んだはずだというのに、瞳に迷いはなかった。

「かけがえのないほど大事なものは、これしかないので。それに、描いてあるものはもう覚えている、から」

ニトが上半身を伸ばすようにして手帳を差し出した。

魔女もまたいくらか乗りだして手を伸ばし、その手帳を受け取った。

古びた表紙を撫で、ニトに視線を向ける。

「……あなたの大事な場所への想いが詰まっていますね。鮮やかな絵がいくつも見えます。これはあなたのお父さんの手帳……いえ、お母さんね？　亡くなったお母さんの遺した手帳。そう、良いでしょう。十分です」

ニトが目を丸くしていた。

「ど、どうして、分かるんですか？」

女性は返事をしなかった。

「さあ、質問を言ってごらんなさい。けれど内容はよく考えて。二度目はありません」

ニトは膝の上で拳を強く握った。ワンピースの裾にしわが寄った。

あの日、焚き火を囲みながらニトが話してくれたことを思い出した。

ずっと部屋から出ることもなく生きてきた。お母さんの見せてくれる手帳の絵と、その話だけが世界の美しさだった。けれどお母さんが死んで、その話が真実だったのかも分からなくなった。

ニトは黄金の海原を探している。けれどきっと、本当に探しているのは真実だ。ニトの人生を、その心を支えてくれたお母さんの物語が、絵が、真実なのかどうかを知りたかった。そのために、この滅びかけた世界に旅に出たに違いなかった。

手帳に描かれたいくつもの場所が実在するのだと確かめることができれば。母親が何度も語ってくれた世界一うつくしい場所——黄金の海原もまた、きっと真実だったと、信じることができるから。

けれど、とぼくは思った。

もし、それが嘘だったなら？

「――黄金の海原という場所は、存在しますか？」

ニトは睫毛を震わせながら返事を待っていた。魔女の浮かべる表情のひとつすら見逃さないようにしていた。

魔女はニトの視線を真っ向から受け止めた。

張りつめたような時間だった。

呼吸を止めていた。

魔女は口元に微笑みすら浮かべながら、言った。

「ありません」

ニトが息を呑むかすれた音が、たしかに聞こえた。

「残念ですが、黄金の海原と呼ばれる場所は、この世界のどこにも存在しません」

沈黙があった。

部屋の隅の蓄音機から、場違いなほどに美しいソプラノが響いていた。高らかに伸び上がる声がふっと消えて、音楽は止まった。

「――そう、ですか」

と、ニトはうつむいた。開け放たれたままの扉から差しこむ陽光に、後頭部だけが白銀のように見える。髪が顔に影を落とし、ニトの表情を隠した。

そうですか。と、小さく繰り返す声が聞こえた。

泣いているのだろうかと思った。けれど顔をあげたニトは微笑んでいた。

「すっきりしました。ありがとうございます」

ぼくはとっさに言葉をかけようとした。それを見越したみたいに、ぼくよりも早くニトが言う。

「先に外に戻ってますね。ケースケも訊きたいことをお願いした方が良いですよ。魔女に会える機会は滅多にないですから」

明るい声とともにニトは立ち上がって部屋を出て行った。ぼくもまたすぐに立ち上がる。

「あなたは質問をしなくて良いのですか？」

魔女に声をかけられる。足を止め、振り返り、

「とりあえずは、またの機会に」

きょとんとした顔に一礼して、ぼくは部屋を出た。

5

ヤカンで街道をしばらく走っていると、遠目に橋が見えた。懐かしいな、と横に座るジャックさんが言った。

魔女の屋敷から戻って、ジャックさんと、無言のニトと食事をした。片付けまで終えたころには、作ったスロープはすっかり固まって、ヤカンは難なく窪地から脱出することができた。けれどやはりオート三輪を牽引するための金具は元どおりにはできなかった。

「あの嬢ちゃんも、良い答えがもらえなかったのか」

ジャックさんが何気ない調子で言った。

「嬢ちゃんも、って、ジャックさんも良い答えじゃなかったんですか？」

「誰かがくれる答えなんてそんなもんさ」

ドアについたハンドルを回して窓を下げ、ジャックさんは懐から煙草を取り出した。マッチで煙草の先に火をつけて煙を窓から吹き流す。

「しかしありゃ、落ち込んでるな」

「……ですよね」

ヤカンも脱出できたことだし、ジャックさんとの約束を守るために橋まで送ることにしたけれど、ニトは乗っていない。オート三輪に残っている。

ヤカンから下ろした荷物もそのままで、見張りも兼ねて留守番をすると言ったのだ。無理矢理に引っ張ってくるわけにもいかなかった。

「気持ちはわかるけどね。探しているものが大事なほど、落胆も大きいもんだから」

しみじみと言って、また煙を吹く。やけに甘い香りがした。

気持ちはぼくにも想像できた。

もし、元の世界に帰るための唯一の手がかりである黒衣の男が、もうこの世界にはいないと言われたら、それはやっぱり落ち込むだろう。ぼくの旅の理由だから。

だから、どんな質問にも答えてくれるという魔女の話を聞いても、質問する勇気がでなかった。いないと言われてしまったら、ぼくはもう、旅を続ける理由も、ここにいる理由もなくなる。理由がないなら意味もないということだ。

やがて橋はすぐ間近になって、渡る手前でヤカンを止めた。橋の上には風雨に汚れて錆びついた蒸気自動車が並ぶように残っていた。中に人がいないことは明白だった。

「大きい橋ですね」

石と鉄骨の混ざり合った立派な橋だった。まっすぐに向こう岸まで延びているけれど、土台にはいくつもの半円のアーチがある。古びてはいても揺らぎない迫力と、孤独にも似た物哀しさを感じさせた。世界が滅んだあとに残る建造物を見るとき、いつも同じ感傷を抱く。

「あれな、おれの親父が作ったんだよ」

えっ、と思わず振り返ると、ジャックさんが自慢げな顔をしていた。

「親父は橋専門の建築家でな。国中のあちこちに橋ばかり作ってたのさ。誰よりも腕が良かった。だからほら、点検管理する人間がいなくなったって立派に掛かってるだろ」

ジャックさんはドアを開けて降り、腰を叩いた。ぼくも降りて背筋を伸ばした。

昼過ぎの空はゆるやかに青く、雲は重なるように厚ぼったく流れている。

眼前には幅の広い川が豊かな水を湛えていた。橋の向こうには何もなくて、またあぜ道と緑と白砂の丘が続いているだけだった。

「ようやく着いたかあ。いや、長かったわ」

「橋以外には何もないですけど」

「いいんだよ。ここで」

ジャックさんは笑いながら後部座席からリュックを取り出して足元に置いた。腰に手を当て、煙草を咥えたままに橋を眺めている。昔を懐かしむときの、目の前の景色を透過して遠くを見るような表情をしていた。

　短くなった煙草を踏み消しながらジャックさんが言う。

「ここに来るためにさ、大陸を横断してきたんだよ、おれ」

「それは、すごいですね」

　大陸がどこまで広いのかは分からないけれど、ちょっとした旅行で済まないことは分かっていた。ずっとヤカンで旅をしているぼくだって、大した距離は移動できていない。

　ジャックさんはポケットから鈍い輝きの金属のケースを取り出し、そこからまた煙草を一本、口に咥えた。

「わりいな。助かったわ」

「いえ」

「じゃ、彼女と元気でやれよ？」

「彼女じゃないですってば」

「そなの？　まあ、嬢ちゃんは若すぎるか」

　それが別れを促す言葉だということは分かっていた。

　けれどぼくは動かなかった。余計なお世話なんだろうなと思いながらも、言わずにはいられなかった。

「――死んだら、つまんないですよ？」

ジャックさんは眉を上げ、苦笑しながら咥えた煙草をケースに戻した。

「……いい勘してるね、きみ」

「いえ」と首を振る。「似てたので」

「誰に？」

「前のぼくに」

はは、とジャックさんは笑った。そりゃ分かるわな、と呟いた。

「それに、こんな何もない場所に残りたいって、どう考えても不自然ですよ」

「何もない、か。そりゃそうだわな」と頷く。「けどさ、分かるか異世界人。この世界はもう終わってる。ここだけじゃない。世界のどこにも、もう何もないんだよ」

返事はできなかった。ジャックさんもまた、ぼくの答えを求めてはいなかった。

「おれにだってあったよ。仕事にやりがいはなくても金をもらって、眠れない夜には酒を飲みに行った。カードで賭けて大負けして騒ぐバカな友達も、惚れた女もいたさ――でも、みんな死んだ。あのクソみたいな結晶になった」

なあ、いいか。とジャックさんはぼくに向き直った。ヤカンのボンネットを拳で二度、叩いた。いいか。

「この世界は、文明は、人間は、もう終わってるんだよ。狂ったんだ。何が原因かも、誰のせいかも重要じゃない。太陽が沈んで、夜が来たんだ。魔術文明が滅びたように、今度は蒸気文明が滅びる。おれたちが能天気に魔鉱石を消費し続けたツケが回ってきたってわけさ。あとは酒を飲んで寝るだけだ。いつかは寝なきゃいけないんだったら、いつ寝るかは自分で決める。それが残された最後の自由だと思わねえか？」

それを否定する言葉を、ぼくは持っていなかった。

まさにその通りのことを考えていたからだ。

わけのわからない世界に来てみれば、世界は滅亡しかけている。そんな場所でなんのあてもなく、生きるために移動する。

帰る場所もなくて、行く場所もなくて、すがりつくように黒い服の男を探していた。ぼくがこの世界に来て初めて出会って、ぼくにまるで友人のように親切にしてくれた人。ぼくに状況を説明してくれた人。

その人を探すんだという目的を掲げていないと、ぼくは旅人ですらなく、ただの迷子になるしかなかった。

「目的も希望も行き先も帰る場所も失って、それでも生きていくってのは、しんどい。お前なら分かるだろ」

そうですね、とぼくは頷いた。

「残された逃げ道は死ぬことしかない。誰も、死にたくて死ぬやつはいないさ。それしか答えが見えないから選ぶだけで」

夜、焚き火を前に、何度も銃をこめかみに当てた。

引き金を引けば、目が覚めるんじゃないかと思った。

ぼくがこの世界にいるのは夢なんだ。死ねば元に戻れるんだと、何度も思った。

自分の行くべき先も、やるべきことも分からないままに、月明かりさえ見えない真夜中のような世界で生きることは、ただひたすらに、あまりにも——。

「なあ、知ってるか？」と、やけに明るい声でジャックさんは言った。「こういうでかい橋を作るときにはな、そこに小さな街ができるんだ。職人や家族が丸ごと引っ越してきて、何年も暮らしながら一個の橋を組むのさ」

ジャックさんはぐるりとあたりを見回した。

「たしかに何もない場所だ。でも、昔は何軒も家があった。おれはここで育った。変な話だろ、生まれ故郷が橋なんてさ。生まれた家も残っちゃいねえけど、おれは親父が橋を作るのを見ながら育った」

けどな、親父は橋バカだったからさ、おれも反発しちまってな。お前は橋職人になるんだって、人生決められちまったからさ。

「もう二十年も前におれは家を飛び出した。それで好き勝手に生きてたけどさ、世界がこうなって、今さら手紙なんて送ったんだよ。世界が終わる前に、死ぬ前に、親父と腹割って話してみようと思ったんだ。ここで待ち合わせをして、もう一回」

ジャックさんはぼくを見て、それもだめだったわ、と笑った。

「魔女は言ったよ。おれの手紙を読む前に、親父は死んだって。どっちにしろ、親父は来なかったんだろうけどさ。こんな出来の悪い息子のことは、忘れちまったに違いねえ」

「そんなことは、ないですよ」

「いいんだよ、そういうのは。気にすんな」

ジャックさんは橋をじっと見つめた。おれもガキのころは、こんな橋を作りたかったんだけどな、と呟いた。

「魔女は、本当に、お父さんは手紙を読まずに死んだって言ったんですか?」

ジャックさんは答えず、ただ肩をすくめただけだった。

ぼくの中で何かが引っかかっていた。穴空きのパズルを前に、そこにあてがうピースの形を、どうしてか知っている気がした。

その瞬間、まるで誰かに肩を叩かれたようだった。

感じていた違和感がはっきりとした形を持って目の前にあった。それはぼくがこの世界の人間ではないからだったのかもしれないし、あるいは誰かがずっと前からこのときのために用意していたのかもしれない。

正しいことなのかは分からない。奇妙な偶然なのかもしれない。けれど知っている。

こんな、橋以外には何もない場所を目指していた誰かがいたことを、ぼくは知っている。

背中を押されるような焦りのまま駆け出して、何度もドアの取っ手を掴み損ねながらヤカンの後部座席を開いた。荷物の多くはニトが下ろしていた。けれど割れないものが入った木箱はそのままで、中にはぼくの服や雑貨品が入っていて、それから、折りたたまれた紙がある。

取り出して、ぼくの慌てぶりを不審そうに見つめていたジャックさんに押し付けるように差し出した。

「なんだよ、それ」

ぼくは何も答えなかった。そんなまさか、と自分で思う気持ちがあった。けれど同時に、ひとつの予感のために手が震えていた。

ジャックさんは眉をひそめて紙を受け取り、それを開いた。

見下ろしたまま何も言わなかった。ただ、座りこんで片手で口を覆った。やがて、こらえきれない嗚咽が聞こえた。

それは、地図だった。

あの日、道端に停まっていたトラックで見つけたものだ。

地図には駅があって、街があって、そして丁寧に描かれた橋の絵には目的地だと示すようにぐるぐると丸がつけられていた。

あのトラックに乗っていた人は、間違いなくここに来ようとしていた。噂を頼りに誰もが訪ねる魔女のいる街ではなく、そこを通り過ぎた先の何もないただの橋に。

何のために向かっていたのかが、ぼくにはいま分かった。

この世界に二人だけ、この橋がただの橋ではなくて――何よりも大事な思い出で、帰るべき場所だった人たちがいたのだ。

ぼくはジャックさんから視線をそらして橋を見つめた。

ああ、ろくな世界じゃないな、と思った。

誰も彼もが何かを失っている。それでも明るく生きている人がいる。どうして彼らは、そんなに強く生きていけるのだろう。あったはずのものが消えてしまうことは、こんなにも苦しいのに。

しばらくそうしていた。雲が気ままに流れている姿を、ぼんやりと眺めていた。

やがて嗚咽は止まって、ジャックさんが立ち上がった。赤く腫らした目を拭いながら言う。

「この橋の描き方、親父のだわ。どこで？」

ぼくはジャックさんの持つ地図を見て、トラックがあったと思う辺りを指差した。ジャックさんは、そうか、と呟いたまま、そこを見つめていた。

「なあ、頼みがあるんだけど」とジャックさんは言った。「取引しよう」

胸ポケットからくすんだ灰色のシガレットケースを取り出して、それをぼくに差し出した。

「さっきの街まで引き返してくれるか？　行くところができたからさ」

ぼくは頷いて、シガレットケースを受け取った。

ジャックさんはぼくの肩を叩いた。

「助かるよ、行商人」

「何ですか、その呼び方」

「昔はいたんだよ、そういうやつが。辺鄙な村まで行って、必要なものを売ったり交換したりしてやるのさ。おれも、必要なものをもらったよ」

ジャックさんの笑顔は今までのどの表情よりも屈託がなかった。

行商人。

その響きは、なんだか悪くなかった。

ただ荷物を任されるよりも、気分が楽になる。ぼくがもらったのではなくて、預かっているだけ。また別の、他に必要としている人を探して、譲る。それならしっくりくる。

「実は、この地図をもらったトラックから水と燃料と食料を分けてもらったんです。ジャックさんにお渡ししますね。また旅に出るなら必要でしょう」

「……そりゃ助かるけどさ。いいのか？」

「ええ。預かっていただけ、ってことで」

ちょっと食べちゃったけど。それはヴァンダイクさんからもらった分で補おう。

「じゃ、街に戻りましょうか」

「ああ、いや、ちょっと待ってもらえるか。もうちょい、橋を見ておきてえ。……そんな目で見るなよ。飛び降りりゃしないって。親父に会いに行かなきゃなんねえんだから、土産話を用意しとくんだよ」

橋に向かってゆっくりと歩いていく後ろ姿を、ぼくは見送った。足取りはしっかりとしていた。大丈夫そうだと頷いて、先に運転席に戻った。

ぼくもまた、街に戻ってからやるべきことを考えていた。

あの歌声とともに、魔女の言葉が頭の中で繰り返し響いていた。

あなたは質問をしなくて良いのですか？

第五幕「オリンピア・グリーンは待っていた」

1

ニトの待つオート三輪まで戻ってくるころには、陽はやんわりと傾き始めていた。雲を照らす光には焼きつくような赤色が混じり始めている。

窪地の前には一斗缶や木箱が山になっていて、オート三輪も動かす術がなくそのままだ。木箱のひとつにニトが膝を抱えて座っていた。ぼくらがすぐそばにヤカンを止めても、膝に突っ伏した顔を上げないでいる。

「魔女になにを言われたかは知らないけどさ、ちゃんと励ましてやれよ、少年」

おれはちょっと散歩でもしてくるわ、とジャックさんは車を降りて、反対側の道へと歩いて行った。

ちゃんと励ますとはどうやれば良いのだろう?

これは自慢だけれど、ぼくは女の子を励ましたことなんてない。人生経験豊かなおじさんと同じ価値観で気軽に言われたって困る。

だとしてもいつまでもこうして座っているわけにもいかず、車を降りて、ニトの側へと歩み寄った。

肩から流れ落ちた銀砂の髪に、夕日が寄り添うように光を注いでいた。それすら気にも留めない様子で、ニトはただ身体を丸めているばかりだった。

ぼくはニトの前にしゃがんだ。

口を開いて、言葉に迷い、力もなく閉じた。

魔女の言葉はニトの希望をすっかり振るい落としてしまったのだ。

ニトが旅に出るための目的地とした場所は、お母さんとの思い出の場所は、この世界に存在しない。大事な手帳を代償にしてまで得た答えは、それだけだった。

黄金の海原は、ない。

彼女はきっとそれが真実だと受け入れてしまっていた。

「ニト」

誰かにこうして、優しさを込めて声をかけるのは初めての経験だった。うまくできたのかは分からないでいた。少しでも伝わっていてほしいと願った。

ニトは重たげに顔をあげた。夕影が横顔を照らしていたが、それでもなお赤く目が腫れていることが見てとれた。

「ケースケ、おかえりなさい」

彼女はぼくに笑いかけたが、それはあまりに力がなくて、痛々しさを感じさせるばかりだ。

無理に笑うなよ、と口から出そうになる。唇を噛んで堪えたのは、ニトがぼくに心配をかけまいとしていることが考えずとも分かるからだった。

「……うん。ただいま」

「ジャックさんは……？」

「散歩だってさ」

「なんのために橋に行ったんですか？」

「実はそれについて興味深い話があってね。あとでゆっくり話してあげるよ」

「そうですか、楽しみです」

ちっとも楽しみじゃなさそうに言って、ニトは頰にかかる髪を耳にかき上げた。尖った耳が露わになった。ニトが自分のことをハーフエルフだと言っていたことを思い出した。

水上の駅で出会って、同じように不躾に耳を眺めて怒られたあの日の一瞬も。

「ケースケは」

ニトが言う。その瞳が美しい碧眼であることをぼくは認めた。

「魔女に質問、しましたか？」

ぼくは首を振った。

「……しなくていいんですか？　ケースケの探している人も、見つかるかもしれませんよ」

言い方はどこか投げやりだった。言葉に嘘はなかった。本当にそうなるといいと願ってくれているのが分かる。けれど同時に、自分はもうだめだったけれど、という響きがあった。

「――黄金の海原は、諦めるの？」

「諦めるも、なにも」と、ニトは言った。「ないんですから。この世界の、どこにも。やっぱり、あれはお母さんがわたしのために作ってくれた幻だったんです」

断言するような言い方だった。

「心配しないでください。大丈夫です。わたしも、嘘だって思ってましたから」

「探してたのに？」

「だって、ずっと部屋から出たこともなかったんですよ？　そんな美しい場所があるって言われても、信じられないですよ」ニトは力の抜けた笑みを浮かべる。「母は、黄金の海原は誰にも教えたことがない秘密の場所だから、と言っていました。ニトだけを連れて行ってあげる、病気が治ったら一緒に行こうねって。いつもそう言うんです。わたしは、どうせ無理だって思ってたんですけど。部屋から出られないまま死ぬんだろうなって、分かってましたから」

でも、と彼女は空を仰いで、こみ上げるものを堪えるように顔を歪めた。痛々しさを感じさせるほどに歯をくい縛った。

「突然、魔力崩壊なんてものが起きて」

吐き出す感情に声が裏返る。

「お母さんもお父さんも、おじさんもおばさんも」

ぜんぶ、ぜんぶ消えてしまって。誰もいなくなって。そうして。

「……死に損ないだったわたしだけが、生き残っちゃったんです」

ニトはうつむいた。がり、と、木箱の縁を爪が掻いた。ニトの両手の指先が真っ白になっていた。

そっか、とぼくは答えた。それしか言えなかった。

どんな同情も、なぐさめも、意味はないのだろうと思った。

ニトの苦しみや悲しみを、ぼくは正しい意味で理解できないだろう。想像することはできる。けれど想像で分かったつもりになって、自己満足のために言葉を投げかけることだけはしたくなかった。

「誰もいなくなって、家にひとりぼっちで、わたしは消えることもできなくて。ずっとそこにいることも辛くて。外に出てみようって思ったんです。お母さんの手帳を頼りに、旅をしてみよう、って。黄金の海原に行って、お母さんとの約束を守ろうって。それだけしか、わたしが生きている理由もなかったから。お父さんは嘘だって言ったけど、わたしも嘘かもしれないと思っていたけど、それでも、もしかしたらと、そう思って」

彼女にとって、世界はこうして滅ぶよりもずっと前に終わっていたのかもしれない。

部屋から出られず、他の子どもたちのように生活もできず、窓から景色を眺め、誰かが紡いだ空想と、お母さんの話す旅物語に想いを馳せる。そうして生きる日々への実感は希薄だったろう。

それが突然、世界が変わった。彼女は生きることができるようになった。けれど今度は、世界が死へと向かっていた。

なんだ、とぼくは唇を噛んだ。

ぼくなんかより、よっぽど大変じゃないか、この子の方が。

「世界一うつくしい場所は、お母さんがわたしのために作ってくれた夢の場所だったんです。この世に存在しないからこそ、世界一うつくしいんですね、きっと」

屈託のない笑みを浮かべて、ニトはぼくに頭をさげた。

「ここまで、ありがとうございました。短い間だったけど、一緒に旅をしてくれて助かりました。いろんな人に会えて、いろんな景色を見られて、いろんな絵を描けて……わたし、今までの人生で、いちばん楽しかったです」

その言葉の意味を、ぼくは取り違えない。

「……旅は、おしまいってこと？」

「──はい。だって、わたしが本当に行きたい場所は、この世界にはもうないから」

だから。

「わたしは、ここでいいです」

美しい笑顔だった。

やりきって、頑張って、結果が出て。

願ったものではなかったけれど、全力は尽くしたさと満足をして、自分を納得させた人間が見せる、力の抜けた笑顔だ。

「でも、ぼくは、きみに借金がある」

「この街にはお金がいっぱいあります」

「オート三輪も直ってない」

「大丈夫ですよ。金具も壊れちゃったし、もう必要もないので」

「キャンプの仕方だって、まだぜんぶ教えてない」

「大丈夫です。キャンプ、しないので」

「きみに借りを返してない」

「借り、ですか？　だからお金はもう」

「違うよ」

違うんだ。そうじゃなくて。

「なんかさ、もう」

もどかしくて、ぼくは髪を掻き乱した。

ああ、本当に、もう。

手を額に当て、目を強く閉じた。

「ぼくは、きみに借りがある」

「わたしは何もしていないです」

「きみが何もしていなくても、ぼくは！」

ぼくは、命を救われた気がした。

ずっと孤独だった。家にはいつも誰もいなくて、空気は冷めていて、暗かった。ぬくもりなんてものはなかった。会話もない。両親と出かけた記憶もない。ぼくの家族は、形だけを揃えた空っぽの容器でしかなかった。ぼくの家は、雨露をしのぐための屋根と壁以上の意味はなかった。だからあの日、家を出ようと思った。

「ぼくは、きみが料理を食べるときの顔を見るのが好きなんだ」

きょとんとした顔がぼくを見返していた。

「朝起きて、おはようって言える。ご飯を一緒に食べて、片付けをして、車を運転しながら景色を眺める。休憩中にはきみがイーゼルを立てて絵筆を握って、真剣な顔で絵を描く。その間にぼくは昼食を用意して、風が気持ちよくて、木漏れ日は暖かい。日が暮れたら夕飯を食べて、焚き火を囲んでくだらないことを話して、また明日って言ってテントに入る。世界が滅んでいるなんて思えないほど穏やかな時間だ。そんな時間が、ぼくはびっくりするくらい居心地よかった」

なぜ、魔女に質問をしなかったか。ぼくは自分で分かっていた。

だって、帰りたいとは思わなかったからだ。

世界は滅びつつある。ぼくもそのうちに白い結晶になって死ぬのかもしれない。それが分かっていても、それでも、ニトと過ごす日々を手放したくなかった。ずっと憧れていた家族のような陽だまりの時間を。

ぼくはニトに手を差し出した。

「取引をしよう」

「……と言われましても」

戸惑ったように見返す瞳に、ぼくは笑いかけた。

「ぼくがきみの夢を取り返す。だからきみは、ぼくのそばにいてほしい」

「――はえっ？」

わずかな間を置いて、ニトは意味を理解したようだ。髪からのぞく耳の先まで真っ赤にしながら目を丸くしている。

過剰な反応に違和感を覚えて、ふと自分を見下ろす。

ぼくは地面に片膝をついてニトに手を差し伸ばしている。それは奇しくも、ネッドさんがジュリーさんにプロポーズをしたときにそっくりだった。

ぼくは誤解を生みかねないこの状況に訂正をいれるべきかを悩んで、まあいいかと思い直した。一緒にいてほしいという気持ちに変わりはないし、言葉に嘘はない。

ニトは顔を赤くしたままにぼくを見つめ「う、うぐ」と呻いた。

「ど、どこの恋愛小説の人ですか！」

「恋愛小説も読むんだね。さすが」

「知りませんっ」

ぐいっと顔を横に向けて、ニトは頬を膨らませる。

「どうしてそんな恥ずかしいことを真顔で言えるのかわかりません。ケースケは頭のつくりがおかしいんです。幼少期に後頭部を強打したに違いないです」

「実は絵よりもぼくを罵るほうが得意でしょ？」苦笑が漏れる。「それで、返事は？」

ニトは眉間にしわを寄せ「ぐううう」と唸っていたが、ちらりと目線をくれた。

「……そもそも、わたしの夢を取り戻すって、なにをするんです」

「魔女のところに行く」

「それでどうにかなるんですか……？」

「それは行ってみてのお楽しみだ。きっと驚くよ」

ニトは疑わしげにぼくを睨んでいた。ぼくはただ手を差し出して待っていた。

そのうちにゆっくりとニトの右手が伸びて、ぼくの指先だけをおずおずと握った。まったく控えめで不器用な握手だった。

「取引成立だ。さっそく行こうか。ゆとり世代の力を見せてやる。あ、ぼくらは悟り世代になるのかな。どうだっけ」

「聖人か何かですかそれ」

いいから、とニトの手を引いた。ニトはバランスを崩すように木箱から立ち上がってたたらを踏んだ。ぼくは小さな手を握りしめたままヤカンに向かう。

助手席にニトを乗せてドアを閉めた。ぼくは運転席に腰を下ろし、スロットルレバーに手を置いた。

「あの」とニトが言う。「魔女に会って何を?」

レバーを押し上げる。高圧になった蒸気がピストンにどっと流れ込み、ヤカンが車体を進める。ぼくはハンドルを切りながら答えた。

「もちろん、正しい質問をするんだ」

2

屋敷の扉は変わらず開け放たれていて、同じ歌が響いていて、魔女はキャビネットにもたれていた。昼前に来たときと何も変わりはなく、変化といえば窓から見える夕日が沈みかけているために、室内がすっかり暗いことくらいだろうか。

ぼくらが入ってきたことに気づくと、魔女は何も言わずに立ち上がって、壁に掛けられたランタンに灯をいれた。

ぼくがソファに座ると、ニトもまた戸惑った様子のままに隣に腰をおろした。魔女が対面に座り、穏やかな表情でぼくらを眺めた。なぜ来たのか、と彼女は訊かなかった。左腕を撫でた。いつも着けている腕時計は、元の世界との細いつながりのように思えていた。間違いなく大事なものだ。腕時計を外して、机に置いた。

魔女はそれを見下ろしてから、ふっと微笑んだ。

「異世界の道具ね？　とても大事なものでしょう」

「ええ、大事なものです。祖父から譲り受けました」

「良いお祖父さまだったのね」

「ええ、とても」

ぼくは魔女をじっと見返した。自分の予想が正しいのかどうかを確かめようとした。

「良いでしょう。どんな質問にも正しい答えをあげます。ただし肯定か否定のみ。そして一度きり。あなたは何を知りたいの？」

「知りたいことは、山ほどありますけど」

何を訊くべきか。それをずっと考えていた。けれどどんな質問であろうと、それを今ここですることは、きっと無意味だった。

訊くべき価値のある質問は、最初からひとつきりだ。

「――あなたは、本物の魔女ですか?」

えっ、とニトが悲鳴のような声をあげた。

ぼくと女性は互いに視線をからませて何も言わずにいた。

緊張で手に汗があふれていた。もしかしたら間違っているのかもしれないと思った。もしそうなら、ぼくはあまりにも下らない質問で、あまりにも大事なものと、あまりにも重要な機会を同時に失ってしまうことになる。

それでも、と思った。

拳を握った。

これは、正しい質問であるはずだった。

女性はぼくに笑いかけた。それは教師が生徒を褒めるときに浮かべるような笑い方だった。

「――今までで、もっとも良い質問です」と女性は言った。「ええ、あなたの思うように、私は魔女ではありません」

ぼくは深く息を吐いた。じっとりと濡れた手のひらをズボンにこすりつけた。

ちらとニトを見やると、ぽかんと口を開けたままにぼくと女性を交互に見ていた。その呆気にとられた顔がおかしかった。

「だってさ」

「だってさ、って……どういう、ことですか」

「だから、この人は魔女じゃないんだよ。魔女のふりをしていただけ」

ニトが口を開けて閉じて言葉を探す間に、女性が声を挟んだ。

「どうして、私が魔女ではないと分かったんですか？」

今までのどこか摑み所のない表情は消えて、面白がるようにぼくを見ている。

「最初に違和感を感じたのは、あなたがニトの手帳を受け取ったときです」

「手帳？」

「その手帳に絵が描かれていて、それがニトのお母さんのものだと当てて……ニトは、驚いていました」

「そ、そうですよ」とニトが声をあげた。「わたしは何も言っていないのに、あの手帳に絵が描いてあるってことも、お母さんのものだってことも、この人は」

「よくある手なんだ。インチキ占い師とかの」

ドラマで見たようにも思うし、本で読んだこともある気がする。それほどありふれたやり方だった。それでも現実に相対するとまったく気づかなかった。

「あの手帳は、持ってみれば重いし、表紙が硬い。そもそも紙が厚いんだ。だからただの手帳ではなくて、絵を描くためのものだって推測ができる。それに、水彩絵の具は水をたっぷり使うんでしょ？　水を吸った紙は波打つし、端に絵の具の汚れも見えたかもしれない」

　ジャックさんを乗せて橋と街を行き帰りする間に考えたことだった。運転というのは暇に飽き飽きするくらいで、だから考え事にはぴったりな時間だった。

　それが正しいのかは自信がなかった。女性の表情をうかがうけれど、口元に笑みを湛えたままにぼくを見返すだけだった。

「あれが、お母さんの手帳だっていうのは、どうして」

　とニトが言う。

「手帳の表紙はずいぶんと古びてたし、自分が描いた絵を大事なものだって差し出す人は多くない。それに、思い出してみて。答えはニトが教えていたんだよ」

「わたしが、ですか？」

「この人は一度、手帳はお父さんのもの、って言い間違えていたんだ。けど、ニトの表情を見て違うと気づいてすぐに言い直した」

ニトの返事はなかった。ぼくは構わずに続けた。一息にすべてを吐き出したかった。

「ジャックさんは、この人に質問をした。お父さんはジャックさんの出した手紙を読まずに死んでしまったと答えた。でも、真実は違った。お父さんは手紙を読んで、地図まで描いて、そこに向かっていたんだ」

ぼくはそこでようやく気づいた。

この世界の人々は魔女を信じている。けれどぼくは魔女という存在に馴染みがない。だから素直に疑うことができた。

あの人は、本当に魔女なのか、と。

「この腕時計は」とぼくは女性を見つめた。「自分で買ったものです。あなたは良いお祖父さまだったのねと過去形で言いましたけど、祖父はまだ健在です」

「カマをかけた、というわけね？」

「ええ。それで確信しました。あなたは不思議な力があるように振る舞っているだけで、魔女ではないって」

これで全てを言い切った。腹の中で膨らんでいた言葉がすべて吐き出されて、ぼくは脱力感にも似た重たさを肩に感じた。

女性は膝の上で重ねていた両手をゆったりと持ち上げ、ぱちぱちと打ち鳴らした。

「私が占い師というところまで当たっています。インチキ、というのはちょっと心外ですけどね」

「……どうして、魔女のふりを？」

「私が名乗ったわけじゃないんですよ。いつの間にかそう呼ばれていた、というだけで」

彼女は苦笑した。「最初はただの占い師だったの。私がやっていることは変わらないけれど、世界の方が変わってしまった。占いというのは小さな指針、人の迷いや悩みにひとつの方向性を見せるだけのことだった。その指針に照らし合わせることで、ときに人は本当に自分が望んでいることに気づけるものだから」

「……難しいことを言いますね」

「要するに、占いは受け取る側が好きに判断して良いことなの。気に入らなければ無視すれば済む話」と女性が笑う。「けれど世界が滅ぶと知って、人々は自分の心の外に救いを求め始めた。自分の中にない答えを誰かに用意してもらって安心しようとしてね」

その心理を、ぼくはきっと理解できないだろう。

ぼくがこの世界に来たころには、世界はもう滅び始めていて、出会う人たちはそれをすっかり受け入れたあとだった。

「やってくる人々に、私はただ占いを続けた。相談に来るような人はね、そもそも私の言葉を欲してはいないのよ。他人に質問をしておきながら、欲しい答えは自分の中に用意しているの。だから私はそれを読み取って、望むままに教えてあげるだけ。それで誰もが安心して、喜んで帰っていく」

「それは」とぼくは口ごもった。

「詐欺だと思う？」と女性は面白がるように言った。「人は信じたいものを信じるのよ、いつだってね。だから人々は私のことを魔女だと呼び始めた。だってただの占い師よりも、魔女の言葉のほうが信頼できるでしょう？　私は否定もせず、魔女の役を演じていたの。それを必要とする人がいる限りはね」

「じゃあどうしてですか」

黙ったままだったニトが口を開いた。騙されていたのだから怒っても良いと思うのだけれど、声はいつも通りの調子だった。

「どうして？」

「どうして私には、黄金の海原がないと言ったんですか？」

「本当に存在していてほしいと、あなたは思っているの？」

ニトが息を呑んだ。

「あなたはそこを目指して旅をしている。けれど私に訊くということは、場所は分からず、手がかりもない。そして本当にあると愚直に信じることもできない。存在していると願うなら、あるかどうかなんて訊ねずに、信じて探し続けるものでしょう。ね？」

女性はくすりと笑った。

「あるかないかと訊いた時点で、あなたは黄金の海原という場所は『存在しない』と思っていたのよ。その答えが欲しかった。魔女という絶対的な存在に言い切ってほしかった。そうすれば、もう蜃気楼のような希望にすがりつくこともなくなるし、いつ裏切られるかという不安に怯えることもなくなる。だから私は『存在しない』と答えた」

でも、まあ、と女性はぼくを見て、肩をすくめた。

――ぼくが、それを暴いてしまった。

女性の言葉に、ぼくはぞっとした。あの一瞬で、そこまでニトのことを深く読み抜いたということにも、ぼくがニトのことを何も理解していなかったことにも。

ぼくは唇をかんだ。

しまった、と思った。軽率に、賢しらに、ニトを連れてきて魔女の正体を暴くことなんてするべきじゃなかったのかもしれない。自分が気づいた真実にいい気になって、自分の都合のために探偵の真似事みたいなことをして、それで問題は解決すると思っていたけれど違った。

ニトは、真実を求めているわけではなかった。ただ、答えが欲しかったのだ。正しいかどうかではなくて、自分が納得できる答えを求めていた。

正しい答えが、いつでも人の心を救うとは限らない。

「たしかに、そうだったのかも、しれません」

と、ニトは言った。

「魔女の噂を聞いたときから、ずっとここに来たいと思っていました。そうすれば、答えが分かるかもって。あなたに黄金の海原が存在しないと言われて、すごく落ち込んだけれど……ほっとしたのも、事実です。ああ、もうお母さんを疑ったり、信じたり、そんな自分を嫌いになったりしなくていいんだ、って」

ニトはうつむいていた。

沈黙があった。

それでも顔を上げたニトの瞳は、強く光を照り返して、女性を見つめた。

「でも、いまは、あなたの言葉が嘘だったと知ったいまは、もっと、もっと、嬉しいです。ほっとしています。ああ、まだいいのかなって」

ニトは、そこでどうしてかぼくを見た。

「――わたしは、ケースケと一緒に、まだ旅を続けてもいいのかなって」

黄金の海原を探す。それがニトの目的だった。旅を続ける理由だった。

「取引は成立かな？」ぼくは笑って言った。「ひとり旅は不安で仕方なかったんだ。一緒に来てくれると助かるな」

「仕方ないですね。ケースケがそこまで言うなら」

気だるげな拍手が空気を揺らした。見れば、女性が呆れた様子で手を叩いていた。

「そういうのはね、私には読み取れないわ。はい、降参」

と立ち上がって、女性はキャビネットに歩み寄った。扉を開いて中からそれを取り出して戻ってくると、ローテーブルに置いた。

「そういうわけだから、これ、返すわ。あなたのそれもね」

ぼくは腕時計を取り上げて腕にはめ直した。うん、しっくりくる。

ニトはおずおずと両手を伸ばし、手帳を持ち上げると、ぐっと胸に抱きしめた。

「……あの」とニトが女性を見上げた。「質問、してもいいですか」

女性は小首を傾げて微笑んだ。

「まだあるの？　いいわ、特別にタダで答えてあげます」

ニトは何度か視線を迷わせてから、言った。

「名前を教えてください。魔女さん、とは呼べないので」

女性は眉を上げてから、ふっと力の抜けた笑みを浮かべた。どこか寂しげに見えたのはぼくの気のせいだろうか。

「——私は、オリンピア。こうして名乗るのも久しぶりね」と女性は言った。「その質問は、私がずっと待っていたものかもしれないわ」

よろしくねと、彼女はニトに手を差し出した。

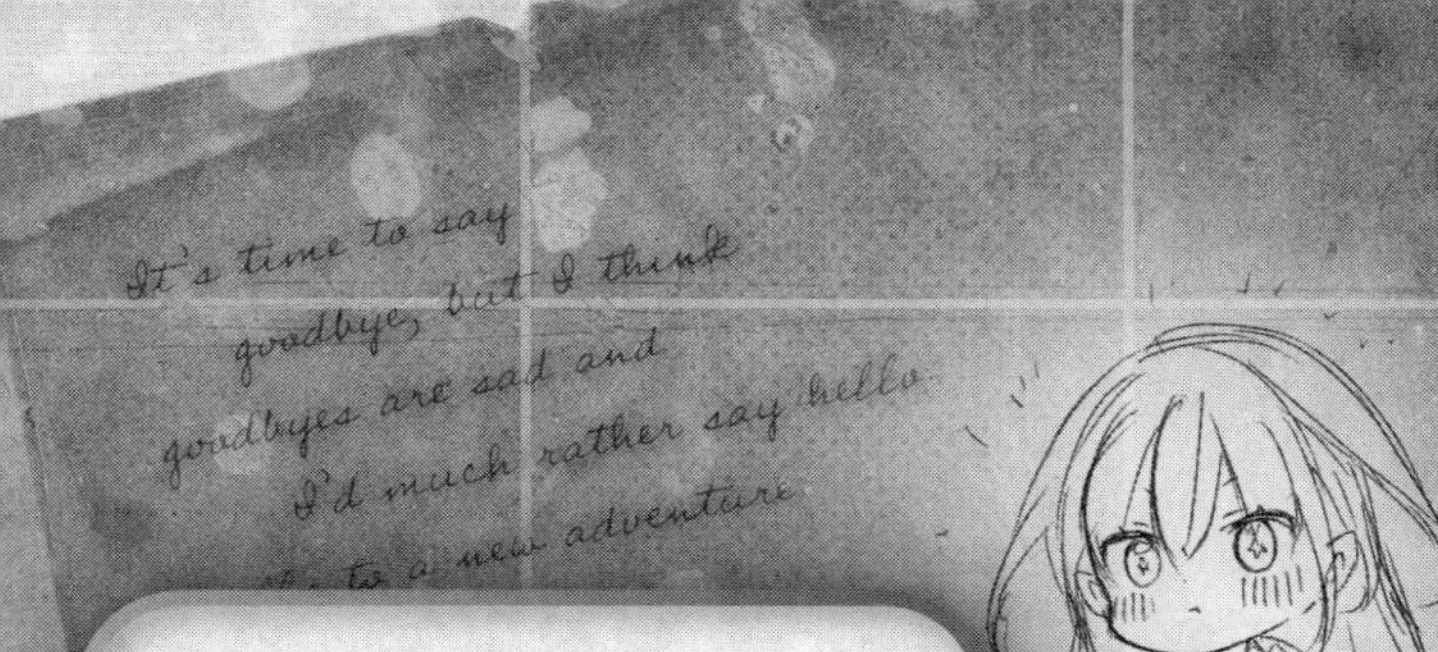

圏外 15:11 34%

< MEMO

魔女

まさか毒リンゴを配ってるわけじゃないと思うけど、どうやらこの世界では信じられているらしい。魔女とか、竜とか、話には聞くけど、やっぱり自分で見ないと実感もわかない。昔は魔術が存在したというけれど、それは手品や科学でできることよりもすごいのだろうか?

See you later, Fantasy
World. We hope that
Tomorrow comes again.

終幕「オーレオリンの夜明け」

屋敷から窪地に戻るころにはもう夜になっていた。オート三輪の横でジャックさんが待ってくれていた。

気疲れのために夕食を準備するほどの元気もなく、缶詰ばかりの手軽な食事を済ませると、ジャックさんは早々に部屋に戻っていった。初めて会ったときに顔を出していたアパートの三階だ。

それじゃあ、また明日、と挨拶を交わした。当たり前のように言い合った言葉はやけに懐かしく感じられた。

ぼくはスペアの火でコーヒーを淹れている。ニトは手帳を眺めて難しい顔でなにやら悩んでいる。

不気味に思えていた街中にただよう夜の闇が、今では穏やかに思えた。

ケトルで煮出したフィールド・コーヒーを金属のカップに注いだ。それから砂糖と、粉末のミルクをスプーンで山盛り二杯。丁寧に混ぜて溶かしてからニトに差し出した。

「……美味しくないって言ってたやつですよね？」

「これなら飲めるよ。そんな疑いの目で見ないでってば」

おずおずと受け取ったニトはカップに鼻を寄せて匂いを嗅いだ。警戒するようにひと口を啜って、目を丸くした。

「美味しい、です」

「そうでしょ」

「なんでケースケはこれを飲まないんですか？」

「ブラックの方がかっこいいから」

「……ばか？」

容赦のない一言だったけれど、間違っていないのでぼくはそっと押し黙った。

自分の分を注いで、ブラックのまま飲んだ。エグ味と渋みと酸味ががつんと舌を叩いて、ぼくはぐっと歯を噛み締めた。ニトを前にして強がったことを早くも後悔した。やっぱり砂糖はいれるべきだ。

「……この味わいがたまらないんだ」

「ちょっとよく分からないです」

「お子ちゃまには早いよ」

「じゃあずっとお子ちゃまでいいです」

……なんだか、遠慮がなくなった気がする。いや、嬉しいことだけれども。

ぼくらは会話もせずにしばらくコーヒーを啜っていた。スペアの火影がビルにゆらめいている。

ニトが見終わった手帳をぱたんと閉じたのを見計らって、ぼくは声をかけた。

「それ、見せてくれる？」

「……いい、ですけど」

なぜか迷った様子を見せながらも、ニトは手帳を渡してくれた。

ページを開いた。いくつもの絵が描かれていた。すべてこの世界のどこかにある景色なのだろう。だったら、この絵に描かれた場所を探して巡るというのも楽しそうじゃないか。宝探しみたいなものだ。

そのうちに、あの黄金の海原が描かれたページにたどり着く。黄色の印象的な美しい絵で、隅にはサインが書かれていて——。

ぼくはカップを蹴倒しそうになりながら身体を起こして、バックパックからランタンを探し出した。スイッチを入れて手帳に寄せる。

「ちょ、ちょっと、どうしたんですかケースケ」

返事はできなかった。そんな余裕はなかった。

このサインを見るのは二度目だ。

一度目は暗かったこともあったし、よく見てもいなかった。だってそんなことがあるなんて、考えもしなかったのだ。

ランタンにはっきりと照らされた文字が、ぼくには読むことができる。

そう、読めるのだ。

どうしてか、ぼくはこの世界の人と初めから会話ができた。でも文字は読めなかった。缶詰の説明書きもさっぱり分からない。このサインも読めるはずがないと見過ごしていた。けれど複雑に絡み合って書き殴られた文字を、指でなぞるように見れば、これは間違いなく英語の筆記体だった。

一文字ずつ、ゆっくりと確認する。慣れない筆記体を読むことができたのは、短くて、そして人の名前だったからだ。

「――アルメリア」

ぼくは顔をあげた。ニトと目があった。

彼女はぼくの予想とは違った表情をしていた。

こんなにも驚くべき事実が分かったというのに、かすかな笑みさえ浮かべた穏やかな顔をしていた。

「……それは、お母さんの名前です」

絵の隅には、二つの名前が書かれていた。

Almeria, Albert.

アルベルト、と読みかけて、どうしてか違和感があった。その響きに似た名前を、ぼくは耳にしたことがある気がした。それも、ごく最近に。

どこで、と悩む必要もなかった。脳内で雷が落ちたみたいに、はっきりと、明瞭に、一瞬で、記憶は蘇った。ネッドさんの声だった。

——実はね、私はきみの前にも異世界人に会ったことがある

——父があるとき、ひとりの男を連れてきた。アルバートと名乗った彼は

そういうことか、と背筋がざわついた。いや、そんな、まさか。

「ニト、お父さんの名前はアルバート？」

自分の口がもどかしく思えた。焦るように訊ねた。

「いいえ、初めて聞いた名前です」

手帳にはたしかに名前が残っている。ニトのお母さんの名前と一緒に。お母さんは意図的に黙っていたのだ。自分の娘にすら秘密にしていたのだ。

ネッドさんは、なんて言っていたっけ。

こめかみを押さえ、目をつぶり、記憶を漁った。思い出せ、思い出せ、たしかに聞いたはずだ。

――ひと夏、我が家で暮らしたよ

そうだ。そう言っていた。

――ワイン作りを手伝いながら

それから、たしか……。

――絵を描いたり、乗馬をしたり

――絵を描いたり

「――スケ」

顔をあげた。

「大丈夫ですか、ケースケ」

いつの間にか、間近にニトの顔があった。膝をついて、ぼくの肩を支えてくれていた。ランタンに照らされて、ニトのその瞳の青いことが、今さらながらに気になった。

「その目」

「え？」

「お母さんと一緒の色？」

ニトは目を細めて、左右に首を振った。

「母とも、父とも違います。家族の中でわたしだけがこの色で、たぶん魔力欠乏症候群のせいだろうって、お医者さんに言われたそうです」

魔力欠乏症候群。

そもそも、どうしてニトだけがこの世界でも類を見ない病気だったのか。

それは、根本的に他の人と体質が違う――遺伝子が、違うからじゃないか？

その想像は、悪い冗談を鼻で笑うようには捨てられなかった。

だって、それは、つまり――。

「――やっぱり、そうなんですか？」

ニトがまっすぐにぼくを見ていた。

「やっぱり、って」

「わたしの本当のお父さんは、ケースケと同じ世界の人だったんですか？」

「どうして」

ぼくはとっさに口を覆った。それはニトにとってあまりに重大な、生い立ちに、これまでの人生に関わる問題だった。

けれどニトは首を振った。いいんです、と言った。

「父もそのことには気づいていたと思います。わたしが、自分の本当の子どもじゃないって」

「気づいて……え？」

「父と母の結婚は、俗にいう政略結婚だったみたいですから。愛よりも家のつながりがあれば良かったみたいで」

それはそれで、ぼくは反応に困ってしまった。

「手帳のサインについて、何度か質問した記憶があります。お母さんは困った顔をするだけで、いつも教えてくれませんでした。だからずっと分からないままだった。でもケースケの腕に巻いてある小さな時計を見たときに、もしかしてって思ったんです」

「これを？」

とっさに手首を見下ろした。ありふれたブランドの、普通の腕時計だ。ヴァンダイクさんの工場で、ニトがこれをスケッチしていたことを思い出した。

「そこに書かれている文字って、ケースケの世界の言葉でしょう？」

言われて、あっ、と気づいた。腕時計にはブランド名と、四つのボタンの機能を表した単語がすべて英語で記されていた。

「腕時計の文字を見て違和感がありました。どこかで見たことがあるなって。それからケースケのテントや、キャンプの道具や、リュックも」

ぼくの持ち物には、どれもブランドのロゴが記されている。

ニトは気づいていたのだ。それが手帳に記されたサインと同じ言語だと。

「本当のお父さんは異世界人だから、母はわたしに内緒にしていたんだって、ようやく分かりました」

ぼくの持つ手帳の、開かれたページに記されたサインを、ニトはじっと見つめた。

「——アルバート、さん。それがお父さんの名前なんですね」ニトはぼくに笑いかける。

「ありがとうございます。ケースケのおかげで、大事なことを知ることができました」

「いや、ぼくは何も」

ニトは首を左右に振る。

「ずっと信じられずにいました。だって母は本当のお父さんのことを秘密にしていたんです。絵を描いていたのも、お母さんじゃなくて、本当のお父さんだった。だから、何を信じていいのか、もっと分からなくなった」

ニトの表情は、ゆっくりと変わっていった。唇（くちびる）がにんまりと弓なりになって、目は細められ、頬（ほお）は瞬（またた）く間（ま）に紅潮した。

「オリンピアさんに黄金の海原がないと言われて、納得しました。でも、あの人は魔女じゃなかった。だから黄金の海原が本当にあるかどうかは分からないままです」

「……また、信じられなくなった？」

「いいえ」

返事は力強かった。

「人は信じたいものを信じるって、オリンピアさんは言いました。わたしは、わたしの信じたいことを信じようって思ったんです」

その瞳のまっすぐな輝き(かがや)に、ぼくは息を呑(の)む。

「わたしはあると信じます。だって、この世界のどこかにあるのなら、ずっと探していられるから。ケースケと一緒に、たくさんの場所に行って、たくさんのご飯を食べて、たくさんの絵を描けるから」

そう言ってニトは笑った。初めて歳相応の、何の気負いもない笑顔を見た気がした。

「すごくいい答えだと思うよ」

あまりにまっすぐで眩(まぶ)しいほどの気持ちに、ぼくは喉(のど)が詰(つ)まった。胸がいっぱいになったみたいだ。

ニトはぼくを見上げて、

「だって取引したんですから。わたしはケースケと一緒にいます。だから、死んだらだめですよ」

――――。

「なにを言ってるんだよ。ばかばかしい」

と、ぼくは鼻で笑い飛ばした。

どうしてニトが気づいたのか、さっぱり分からなかった。

ニトは笑みを引っ込めて、やけに大人びた表情をぼくに向けた。

「あの駅でヴァンダイクさんを呼んだとき、信号弾を撃ちましたよね」

「……それが？」

「ケースケが取り出した信号拳銃には、最初から実弾が入っていました」

「よく見てたね」言われていま、気づいた。「ほら、物騒だからさ。護身用にね」

「ネッドさんの助けを呼ぶ汽笛を聞いたとき、わたしは銃を出しますかと訊きました。ケースケは断りました。護身用として実弾まで詰めてる人の振る舞いにしてはおかしいと思います。ネッドさんたちと会ったとき、警戒して車から降りないで、すぐにでも出発できるようにまでしていたのに」

「……」

「実弾を装塡したままの銃をトランクに入れて、護身用に使う気もないなら、考えられる使い道は、ひとつだと思います」

それはまったく論理的な物言いで、どうにか言い訳を考えてみたけれど、言い逃れは無理だなとわかった。

ぼくは両手を挙げて降参した。苦笑しか出ない。

「わたしはっ」

突然、声が張り上げられて、ぼくは目を丸くした。

ニトは視線を下げた。両手は白くなるほど強く握られていた。

「本ばっかり読んでいて、ろくに外に出たこともなくて、小説みたいに上手くキャンプも料理もできなくて、人と話すのが苦手で、それから、えっと、あと、方向音痴で、雷が怖くて、オリンピアさんの嘘もぜんぜん見抜けなくて、だから」

ニトは視線を上げる。

その瞳は、夏の空を閉じ込めた氷のように澄んでいた。それはきっと、ぼくの世界の色だった。

「だからケースケがちゃんと面倒を見てくれないと、わたしは野垂れ死にますよ⁉　いいんですかっ！」

「……は？」

言われたことを理解するのに時間が必要だった。

それから、お腹の底から笑いがこみあげてきた。

最初は小さく、それから、とんでもなく大きな波が喉から出てきた。自分でも聞き惚れるくらいの笑い声だった。

「な、なんで笑うんですか！」

「いや、だって、そんな脅し方ある？」

くっ、だめだ、堪えられない。

ああ、なんでだろうな。どうしてこんなに笑いがこみあげるんだろう。どうして涙があふれるんだろう。今まで悩んでいたことが、どうしてこんなにも簡単に消えてしまうのだろう。

ようやく笑いが収まったころには、ニトはすっかり拗ねていた。頬を膨らませて、唇を尖らせて、眉間に皺まで寄せてぼくを睨んでいた。

「ごめんってば」

「……許しません」

「もう死のうなんて考えてないからさ」

「……本当ですか？」

「嘘(うそ)はつかない」

「……信じられません」

「ほら、ニトにはヤカンを修理したときの借金があるし」

「そうです。街で盗(ぬす)んだお金じゃだめですから。自分で稼(かせ)いでください。ヴァンダイクさんが言ってました。仕事をしてもらうお金には価値があるって」

「たしかにそうだ。じゃあ、行商人でもしてお金を稼ごうかな」

「……行商人？」

「きっとまだあちこちに人がいるでしょ。ぼくらがお肉や服に困ってるみたいに、欲しいものがなくて悲しんでるかもしれない。そういう人に商品を運んで、お金をもらう。それをニトに返すんだ。どう？」

「……悪くないと思います」

「それであちこち回りながら、ニトのお母さんの手帳に描(か)かれた、たくさんの場所や、黄金の海原(うなばら)や、ついでに黒い服の男を探すことにする」

「最高だと思います」

力強い頷(うなず)きに、ぼくはまた笑った。

それから、ぼくは立ち上がった。ヤカンから下ろした木箱の山の中から、あのトランクを引っ張り出した。錠を開けると、今まで何度も握りしめた鉄の塊がある。ニトが身体を硬くしたのが伝わってきた。

銃を取り出し、レバーを操作して銃身を折った。中に装塡されたままの二発の銃弾を取り出して、握った拳をニトに差し出す。

「これは、ニトが預かっていてくれる？」

彼女はぼくの拳を見て、顔を見て、小指同士をくっつけた両手をおそるおそる差し出した。

拳を開くと、二発の銃弾が落ちた。

手のひらで跳ねて転がり、わ、わ、とニトが慌てて両手を握りしめる。

「……返しませんよ？」

「じゃあプレゼントだ」

「男の人からもらう初めての贈り物がこれなのは、ちょっと嫌です」

たしかに、とぼくは笑い返した。

「――これからもよろしくね」

「――はい」

この世界は、たしかに滅びつつある。人はもう少ない。

残った人たちは誰もがなにかを失っている。それでも自分がまだ持っているものに目を向けて、毎日を大事に生きている。

ぼくらが出会った人たちの他にも、きっと、もっとたくさんの人が、そうして消えゆく毎日を過ごしているのだろう。

この世界は真夜中だ。明るい希望も、未来も見えずにいる。根拠もなく信じていた明日さえ不確かな世界だ。けれどきっと夜明けが来るだろうと信じて、真夜中に歩き出す人たちがいる。その生き方を、ぼくは尊敬する。

真夜中にひとりで何も持たないぼくは、夜明けも分からずに死を考えた。それがいつの間にか、こうしてひとりの女の子とふたりで笑いあっている。

目の前には山のような荷物がある。バックパックにはキャンプ道具が詰めてあって、レシピ帳に、ワインに、火吹き棒。シガレットケースもある。

オート三輪にはニトの荷物も積んだままだ。明日にはそれをヤカンに積み直さなきゃいけないし、そうしたら今度はニトの手帳に描かれた場所を探して行商の旅に出るのだ。

なんだ、予定がいっぱいじゃないか。

なんだかまた笑いがこみあげてきて、ぼくは空を仰いだ。インディゴ・カーペットみたいな澄んだ夜の果てまで、無数の星が輝いている。

　笑いを噛み殺すぼくを、ニトが不審そうに見つめていた。それでもちっとも構わなかった。

　いつの間にか、こんなにも素直に明日を信じられるようになっていた。ジャックさんの言葉がやけに懐かしく思えた理由がようやく分かった。

「ねえ、ニト」とぼくは言う。「また明日ね」

　彼女は小首を傾げる。流れた髪が銀の糸のようにきらめいた。

「はい、また明日」

　ニトは微笑み、そう答えた。

　こうして根拠もなく明日が来ることを信じられて、一緒にご飯を食べて笑いあえる人がいる。それはとてつもなく幸せなことだった。それが生きるということだった。

　手帳が開かれたままに置かれている。

　ランタンの明るい輝きが、ページいっぱいに描かれた黄金の海原を照らしている。まばゆいほどの黄色の海は、世界一うつくしい夜明けの兆しに思えた。

了

あとがき

山深いキャンプ場で炭火で飯を炊いていたら、シルバーの乗用車がやって来て目の前で停まった。降りてきた老夫婦は道を尋ねたいと言う。国道へおりる道を教えると、彼らは丁寧に礼を言って、去り際に「釣りですか」と僕に訊いた。目の前には川があった。デイキャンプで、昼飯を食べにきたんです。と答えると、老夫婦は戸惑いながら、

「……おひとりで？」と言った。

ええ、もちろんおひとりさまでしたけれども、安心してください。この物語で旅をするのは二人だし、行く先々での出会いもあります。一緒に食事をして、一緒に景色を眺めます。でもこれだけは分かってほしい。ひとりで食べるご飯も美味しいんですよ。深夜の卵かけご飯とか。

前シリーズ「放課後は、異世界喫茶でコーヒーを」（全六巻、コミックス全一巻も好評発売中）からお付き合い頂いている方はお久しぶりです。この本で初めて知ったという方は今後ともよろしくお願いします。風見鶏です。

一応、説明しておきますと「放課後は、異世界喫茶でコーヒーを」は、異世界に来てし

まった主人公が喫茶店を経営しながらひたすら屋内に閉じこもるお話で、店に訪れる愉快なお客さんたちとの日常を描いています。

無事に完結させて、しばらく、さあ次はなにを書こうかと考えました。

ずっと喫茶店の中のお話を書いていたからな、次は外に出る話にしたいな、と思い立ったのは当然の帰結でしょう。

今作「さよなら異世界、またきて明日」では、主人公であるケースケとヒロインであるニトが、一台の蒸気自動車に相乗って滅びつつある世界を旅します。

道の端で焚き火をして缶詰を温めながらあの手この手で味を変えて食事を楽しみ、夜には星空の下に座って火の世話をして、ケースケはテントで、ニトは車の中で寝て、そうした日々を重ねながら、ここではないどこかへと向かっていくお話です。

みなさんは旅をしたことがありますか？

旅とは、住んでいる場所を離れて他の土地へ行くことです。

修学旅行、社員旅行、家出に帰省、友達の家に遊びに、ちょっとお隣さんへ回覧板を……すべてが旅となります。学校や会社へ行くことだって旅のひとつですね。旅人のみなさん、今日もおつかれさまです。

机に座って小説を書くのが僕の仕事ですが、よく旅に出ます。

文字を連ねて景色を描くとき、僕はその景色を見ています。キャラクターのセリフを書き出したとき、その声を聞いています。彼らと一緒に物語の中をさまよい歩いて、だいたいはかなり迷子になりながら、あちらこちらに蛇行して、ときには引き返し、最後の景色にたどり着きます。

そうして、今度は読者であるあなたをこの旅に引き込むことが作者としての役目だったりするのです。

今回の旅はどうだったでしょうか。

良い旅であったことを願うばかりです。

と、それっぽいたとえ話もして、どことなく良い雰囲気も醸し出したので、方々への感謝を記して締めたいところなのですが、止むに止まれぬ事情によりあと二ページほど書かねばなりません。

読者の皆さんからすると空白は一行です。でも実際は二週間ばかりの間を置いてこのあたりを書いています。

というのも、当初の予定ではあとがきは四ページだったのですが、急遽二ページほど増やさねばならなくなったのです。

その理由がどうしてもあとがきで語っておきたい絶対にすべらない話があるから、とかだと良かったのですが、ありません。強いて言うなら、これを書いているのはクリスマスです。午後六時を回りました。

幸いにして紙幅はたっぷりあるので、どうしてこうなったかをご説明致しましょう。ぜひ聞いてください。

原稿を書き上げたあとには校正作業というのがあります。誤字脱字や慣用句の誤用などを校正さんがチェックして、それを著者がさらにチェックするのですね。文章を変えたり削ったり加えたり、著者が原稿に手を入れられる最後の機会です。

できればページ数を変化させないようにするのが理想です。本には出版するのに都合の良いページ数というのがありまして、校正の段階で編集さんがうまいことぴったりさせてくれているわけです。それをいかに崩さないように仕上げるかが、言わば作家としての腕の見せ所です。

僕もそこらへんはしっかりと理解しています。自信満々に校正に挑みました。ところが……本文が二ページ、短くなっていました。おかしいな……こんなはずでは……。

自分でやっちまったことなので、クリスマスにこうしてあとがきを追加しているのも仕方のないことです。この二ページはクリスマスプレゼントというわけです。誰が誰に贈ったのかというと、たぶん編集さんが僕に贈ったという形になりますね。えっ、あとがきをあと二ページも書いて良いんですか？　ありがとうございます！

皆さん、ライトノベルでこんなに長いうえに中身のないあとがきを読んだことがありますか。そう多くはないと思います。読後感を邪魔していなければ良いのですが。

以前、あとがきというのは映画のスタッフロールのようなもので、とたとえたことがあります。

今回はスタッフロールの途中で音楽が変わるのと同じような形で、あとがき第二部を書いています。長くなりすぎました。映画館ならお客さんの七割八分が帰っているころです。ここまで読んでくださったあなたは、きっと劇場に最後まで残るタイプですね？

とはいえ、さすがにそろそろ終わりも近づいてまいりました。

イラストレーターのにもしさんには、初雪の降る朝の澄んだ空気みたいにすっきりとした気持ちの良いイラストを描いていただきました。ケースケとニトの最初のラフが届いたとき、「ああ、この人たちのお話だったんだな」と頷くばかりにぴたりときました。

担当編集の田辺さんにはこの作品の準備段階から終始お世話になりました。僕が「ま、適当でええやろ」と焦点をぼかしているところを的確に指摘してくださるので、何度か致命傷をもらいましたが、おかげでより深く、より鮮やかで、より面白い作品が生まれました。

紙を埋める文字のひとつにまで目を配りチェックしてくださる校正さんにはいつも感謝が絶えません。扉を推すか敲くかの一字に悩む者として、同じく一字に至るまで真剣に目を通して頂けることには頭が下がるばかりです。

他にも想像もつかないほどの方々のお力を借りて、この本が出来上がり、書店に並び、みなさんの手にお届けすることができました。

そして何よりここまで読んでくださったあなたに、この場を借りて深くお礼申し上げます。

また旅のどこかでお会いできることを願いつつ、では、また明日。

二〇一九年　一二月　風見鶏

お便りはこちらまで

〒一〇二―八〇七八
ファンタジア文庫編集部気付
風見鶏（様）宛
にもし（様）宛

さよなら異世界、またきて明日

旅する絵筆とバックパック30

令和２年２月20日　初版発行

著者――風見鶏

発行者――三坂泰二

発　行――株式会社KADOKAWA
〒102-8177
東京都千代田区富士見2-13-3
0570-002-301（ナビダイヤル）

印刷所――暁印刷

製本所――BBC

※定価はカバーに表示してあります。

●お問い合わせ
https://www.kadokawa.co.jp/（「お問い合わせ」へお進みください）
※内容によっては、お答えできない場合があります。
※サポートは日本国内のみとさせていただきます。
※Japanese text only

ISBN978-4-04-073541-2 C0193

エルフやドワーフ、魔術学院の女学生たちも――
喫茶店グルメにいま夢中。
放課後は、異世界喫茶でコーヒーを
Have a cup of coffee at the Cafe in Fantasy World, after school.
風見鶏　イラスト：u介